育儿是件简单的事

——宝贝出生的第一年

黄大熊 著

国际文化出版公司
·北京·

图书在版编目(CIP)数据

育儿是件简单的事:宝贝出生的第一年 / 黄大熊著.—北京:国际文化出版公司,2012.6

ISBN 978-7-5125-0327-4

Ⅰ.①育… Ⅱ.①黄… Ⅲ.①纪实小说—中国—当代 Ⅳ.①I247.5

中国版本图书馆CIP数据核字(2012)第014435号

育儿是件简单的事——宝贝出生的第一年

作　　者　黄大熊

责任编辑　宋亚晅

出版发行　国际文化出版公司

经　　销　全国新华书店

印　　刷　北京中印联印务有限公司

开　　本　700毫米×1000毫米　16开

　　　　　15印张　180 千字

版　　次　2012年6月第1版

　　　　　2012年6月第1次印刷

书　　号　ISBN 978-7-5125-0327-4

定　　价　38.00元

国际文化出版公司

地址:北京朝阳区东土城路乙9号　邮编:100013

总编室:(010)64270995　传真:(010)64271499

销售热线:(010)64271187　64279032

传真:(010)84257656

E-mail:icpc@95777.sina.net

http://www.sinoread.com

目 录
Contents

Contents

序言

宝贝，你好！

站在婴儿房中，我低头看着我的女儿。看着她，我觉得呼吸都需要控制。她的身体像一颗饱满的小豆芽，冲破了母体的保护膜，每一个毛孔都需要适应这个新鲜的世界。她将会成为一个漂亮的白雪公主，我要用最柔软的衣服包裹住她花瓣一样柔弱的肌肤，美好的食物和充足的锻炼将让她成为一个健康的姑娘，当她渐渐长大，就会懂得善良、宽容、自尊和独立，然后在某天浪漫或是平凡的场景中出现一个男生温柔的牵起她的手……然后，我一定会狠狠地抽那个男生一顿，居然抢走了我心爱的女儿！

看着她，我又想起了另一个女人。那个把她从一颗小小的受精卵孕育成一个健康的宝宝的女人，身为男性的我没有办法想象，老婆那瘦弱的身躯，是怎么完成这一项浩大工程的。回想之前老婆顺产的时候，我哆哆嗦嗦紧握着她的手，一边替她擦去阵痛痛出的冷汗，一边语无伦次安慰道：“老婆，不用怕，要勇敢，有我在……！”老婆缓缓呼出一口长气，白了我一眼道：“我都没怕到发抖，你抖什么？”

结婚前我以为老婆是淑女，文弱到吃饭夹根鸡腿都会嫌弃太重的那种，但是婚后我才发现，老婆比我想象中的要坚强果敢，为人独立，富有主见，堪称女性中的猛女！性格彪悍到简直是一只披着羊皮的大灰狼，但是我对老婆的爱，却没有减少半分。

说曹操曹操到，我正想着老婆，老婆铿锵有力的声音便在我身后响起，“你别再看着宝宝傻笑了好不？” 我摇摇头，顺产的产妇本来就比剖腹产的恢复快，我家老婆又是“超女”型的体质，产后不久便能下床稍微活动，估计是想宝宝了特地来到医院婴儿房这里看看。我战战兢兢地凑上去，犹如伺候西太后一般搀扶着她，谁知被她一把甩开，嫌弃我累赘。

于是，把微笑调整到八颗牙齿，声音调整到最低音频，我开始安抚她：“看你，怎么乱跑呢？不是要好好休息的吗？不要那么大声讲话，宝宝会吓到，你们俩都很累了，再休息一下吧！来，我扶你回床上，乖……”老婆却没搭理我，低头看了看宝宝，眼里亮亮的，闪过一些我平时很难见到的温柔。

老婆那温柔的眼神，我有多久没有看到过了？哦，不，我好像有些嫉妒女儿了！我都有点嫉妒女儿了。

只好赶紧调整心态，我是一个新爸爸，不能嫉妒孩子分走了老婆的爱，我可是从结婚那天就开始做要孩子的心理准备了。突然间觉得，我和老婆怎么好像某部热播动画片中的灰太狼和红太狼，床上睡得香甜的小宝贝，有点像它们的孩子小灰灰。从现在起，新的生活开始了，我要用我全部的爱，去把这个小生命照顾长大。

三口之家，我们来了！

第1章

注意了，小夫妻的合法“第三者”降临！

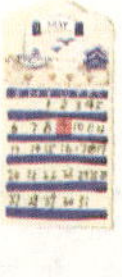

我和老婆都是80后，结婚后两口子甜甜蜜蜜地过起小日子，看看电影逛逛超市，吵吵小架拌拌嘴，蜜里调油仿佛一根针也插不进两个人之间。可惜好日子不长，一个第三者光明正大地进驻了我家，确切地说是住进了老婆的子宫，而且在十个月后，还要霸占我的床！

现在流行“打小三”，可惜这个“小三”我却是舍不得打的，只能想尽办法拉拢她，照顾她，疼爱她，把她养成个美美的姑娘，迷死那些10后的小男生们！可是，纵然我定下宏图大计，做好万千筹谋，当宝宝的第一声啼哭响起的时候，依旧搞得手忙脚乱措手不及，我和老婆磕磕碰碰地摸着石头过河，漫长的育儿之路就这么开始了！

1.心理准备做再久，第一次见面还是手忙脚乱？

在老婆怀孕时，医生都会告诉你一个叫预产期的东西，说如果不出意外的话，你家的宝宝大概会在某年某月某日出生，于是你慎重地在日历上画一个圈，打电话通知父母亲友说大概会在啥时候生，记得要过来捧场助威啊！对了，别来太早，免得打扰孕妇的作息，要看准日子哈……

但是，预产期，其实是一个不一定靠谱的东西。有时候，幸运就像是从天而降的鸟屎，会突然砸到你头上。就像我和老婆那不堪回首的悲惨遭遇。

离医生给我们的预产期还有十几天呢，我和老婆虽然都有些忐忑和期待，但是因为大限未到，神经都还没真正紧绷起来呢。两家的老人定的是预产期前一周的机票，到时候再从外地飞过来给我们坐镇指挥！老婆腆着大肚子在家当宅女，我继续在公司拼搏赚奶粉钱，一切看起来风平浪静，或者可以说，是暴风雨之前的宁静……

那天晚上下班回家，少了老婆一扭一扭的开门迎接我还不习惯，诶，老婆去哪儿了？难道这时候还有心思和我玩捉迷藏？我咧开嘴肉肉麻麻地叫了两声“亲爱的，where are you？”，十分配合地在屋子内寻找了一圈。厨房没人，卧室没人，书房没人，卫生间门锁着……哈，有人！

怎么藏到这儿了，还未等我敲门，卫生间的门嘭地一声自己开了，老婆犹如天神一般气势汹汹地站在那儿，穿着午睡时的睡衣，脸色有些苍白，眼神十分凌厉，严肃地说：“大熊，不好了，羊水破了，估计要生了！”

听到要生了，我那还没绷紧的神经一下子断了，两腿一软，差点没吓得跪到地上，脱口而出道：“怎么这么快，预产期还有十多天呢。”

老婆捂了捂肚子，咬牙骂道：“快送老娘去医院，痛死我了，等我生完了一定要去抽那个医生，去他的什么预产期，一点儿也不准！”

看来，我们家的小宝贝，似乎在母亲肚子里呆不住了，想提早出来看看这个世界。这下可糗大了，宝贝，外公外婆爷爷奶奶这些实力派的外援都还没到，你的爸爸妈妈两眼一抹黑一点经验都没有，你就不能在妈妈肚子中乖乖再呆几天么？

当然不能，开生没有回头箭，赶紧去医院，我可不会在家接生！我刚想把老婆扶出家门，被老婆一巴掌拍回来，“带上东西！”

被老婆这么一提醒，我才会想起来一定要带上一些必备物品去医院。可是带什么呢，我在屋子里和没头苍蝇一样团团转了两圈，才突然想起来现在是二十一世纪，放着现代通讯工具不用，我真是急昏了头。一个电话飚给老妈，询问去医院要带上什么东西，老妈在电话那头立刻扯着嗓子一连串地喊：“衣服！尿布！奶粉！……”我听从着老妈的指挥在家中急急忙忙翻出满满一包东西，扶着老婆便出门打车去医院。

到了医院妇产科后，按照医院的流程走下来，老婆很快要被送进产房，护士姐姐劈头盖脸问我说：“家属带吃的给孕妇了么？”

我一愣，还要带吃的？难道老婆生孩子生一半，还可以在产房里和护士医生们聚顿餐？可我包里只有给宝宝准备的新生儿奶粉，难道要冲给老婆喝？护士看我那傻乎乎的样子，不由好心提醒，让我去买些巧克力等补充能量的东西，好让产妇在生产过程中可以补充体力。

别说是巧克力，就是大力水手的菠菜罐头，这时候我也会给老婆搞来！我以百米冲刺的速度冲到医院外面的超市，几乎把货架上所有的德芙都买了下来，又一溜烟地冲回医院，护士看到我那满满一袋的巧克力，囧道：“你老婆哪吃得了这么多。”

我随机应变，嘿嘿地笑说：“这不是怕医生和你们护士也辛苦，才买这么多。”老婆和孩子的性命现在都掌握在白衣天使的手里了，不好好拍马屁怎么行啊。

这家医院不允许丈夫陪产，看不到老婆的状况，这简直要了我的命，我心急火燎等在产房外面，坐立难安正来回踱步的时候，手机噼里啪啦一阵响，吓得我差点儿把手里的东西给甩出去。腾出手按下接听键，传来岳母一贯活泼的声音：“大熊，还没出来吧？你在外面等着呢？别着急，产检都正常，应该都好，当年我生小静那会儿啥劲儿都没费，女儿像妈，一定也是给你生个漂亮姑娘，东西都准备好了么？一定要准备好啊！等会儿你可别慌，我和你爸等你信儿！”

……果然真的是女儿像妈，老婆羊水破了才吭声，岳母的听起来也是对老婆信心满满。岳母说准备东西，我回想了要给宝宝准备的尿布，衣服，奶瓶，好像都准备好了，深深地呼吸两口气，心中祈祷道：“哎呦，小祖宗，快点出来吧，你和妈妈一定要平安，这边儿爸爸可是憋住了不敢上厕所要迎接你啊。”

“黄大熊！生了！母女平安！”护士姐姐的声音犹如天籁一样，宣布了好消息。而我也好像也获得一次新生一样，长长地舒了一口气。

再次见到老婆时候，她正躺在床上，看着臂弯里那一团肉呼呼的小东西。护士把小宝贝放在老婆的胸口上，让她感受母亲的心跳。我凑上前去，这个包在襁褓里的，皮肤红红的，眼睛静静闭着的，小嘴嘬得紧紧的小生命是我的女儿！看着她，我的心噗通跳着，比和老婆第一次约会时还紧张，努力控制住自己的呼吸，生怕将她吵醒，甚至不敢伸出手去触碰她。

当然，今天最大的功臣非老婆莫属了，再对女儿依依不舍，也要关心老婆大人。“亲爱的，休息一下吧？”我摸摸老婆的头，语气十分宠溺。老婆她看起来好像十分疲惫，眉头微皱着说道：“有点饿。”

“那吃点巧克力？”我笑眯眯道。

老婆一巴掌扇了过来，“又是巧克力，我要吃别的，咸的！对了，大熊，我想换上我自己的睡衣，比医院的病号服舒服。”

我又傻了，现在去哪儿给老婆要咸的东西吃，我好像只带了宝宝的衣服，没把老婆的衣服带上，怎么办？看着老婆头顶的小火苗蹭蹭地开始冒，我立刻像小太监李莲英一样摆出一副谄媚讨好的神情：“太后娘娘，奴才该死，奴才这就去给您准备！”

现在就算是老婆想把月亮当月饼吃，我也会给她摘下来。这时候，即使我再恋恋不舍想要多呆在女儿身边，也必须以百米速度冲去买回老婆想吃的——茶叶蛋。还要再回家，给老婆带来舒适的换洗衣裤。

迎接宝宝出生，即使此前在脑海中做过多少次模拟演习，现实还是会给你出些难题，比如我家宝宝嫌弃子宫是经济适用房，迫不及待地想冲出母体换个大户型，害的我和老婆措手不及，还比如我一心只记挂着带上宝宝用品，结果却忽略了老婆的需要，真是爱妻好老公的一大污点啊。

[大熊血泪箴言之产前准备篇]

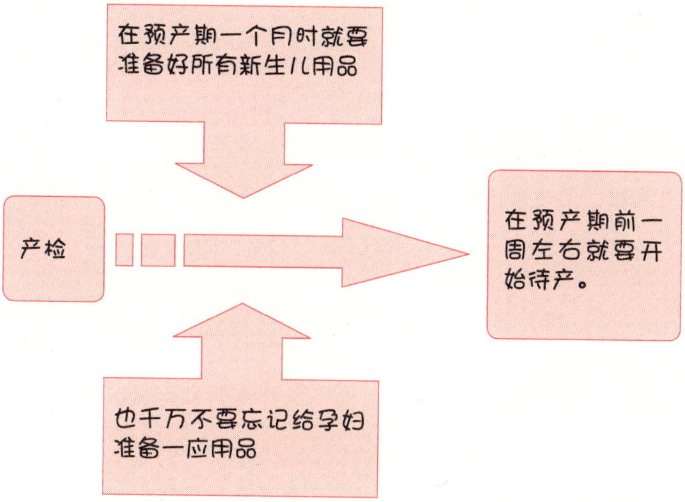

TIP 1

即使产检的结果再好，在预产期快到的一个月内，要打包收拾好需要的物品，以备不时只需，切莫洪水来了再建堤坝。不管宝宝来势多么汹汹，做好万全准备工作的你，总是会从容一些。

TIP 2

如果实在不知道准备什么，自己的妈妈和岳母都是有经验的老师，可以随时请教。也可以咨询一下医院，一般宝宝用品医院都会提供，但是如果不放心可以自己购买，打包在一起放在“孕产包”里，然后放在家中容易取得的地方，一旦孕妇要生了，可以拎起包袱就走，“孕产包里”必不可少的准备用品有：

一、洗净晒干的襁褓和宝宝衣服各两三件。如今有的医院里会卖些婴儿衣服，且号称是已经消过毒的婴儿衣服，但不管怎样，还是自己的东西用着放心。新生儿的衣服都是没有扣子，直接系带围起来用绳子系一下就好的，这种设计便于穿脱，可避免损害宝宝娇嫩的骨骼。

二、纸尿裤或者尿布。总不能让宝宝一直弄脏床单吧。但是我建议用纸尿裤会更方便，因为新生儿屎尿多，用尿布根本来不及洗，还会影响同房间的孕妇。记住，纸尿裤一定要买NB（New Baby）号的，就是比小号还小一码的那种。

三、专门给新生儿食用的奶粉。免得刚开始的几天母亲没有奶水导致宝宝挨饿。但是有的医院会提供奶粉，而且不让家长自己带，这个在之前要打探清楚。

四、柔软的宝宝清洁用纸和湿巾。主要用来给宝宝做排泄物的清洁。最好各买两大包，因为最初这段时间使用量相当大。

五、厚而柔软的靠垫。因为分娩之前准妈咪的腰会疼到受不了的地步，这时候有个垫子或靠垫，可以让她靠着，会极大减少孕妇的痛苦。

六、大小两个塑料盆。大的可以让大人清洁身体时用，小的可以给宝宝用，在宝宝拉完大便后可以适当清洁一下。

七、专用的碗筷、吸管等。之所以要带吸管，主要是针对剖宫产的情况。剖宫产后孕妇会打24小时的点滴，再并且在“通气”，也就是传说中的“放屁”之前，是不能进食和饮水的。待通气后，就可以喝水或者吃一点粥什么的，这时候吸管就派上用场了——可以让准妈新妈咪不必起身，躺在床

上补充水分。

八、如果是夏天出生的宝宝，容易长湿疹或者痱子。可以带一点宝宝专用的爽身液。每次护士给宝宝洗完澡后，可以抹一点在身上，很有效的。

九、一定要给你辛苦奋战在生子第一线的老婆准备东西，因为老婆用的医院可不会发放哦。产妇刚生产完内衣裤的换洗会比较频繁，要准备足量的内衣裤。洗漱用品不必说，别忘了带一顶保暖用的帽子。有的人会建议带大号卫生巾什么的，其实没必要。因为卫生巾对产后恶露而言太小了，医院会有专门的防漏床垫，到时候买一包就可以了。

十、当然，最不能忘记的就是身份证、准生证、户口本、医保凭证等资料。这些资料要事先就咨询好，准备齐全，装在一个袋子里，入院时一并带上。

TIP 3

临产前不要忘记要给孕妇准备好补充能量的食品。比如，例如巧克力或者和一些补充能量的饮料，好让孕妇有力气撑过漫长的产程。孩子出生后，孕妇因为体力消耗过大，一般会感到特别饥饿，这时候可以给她准备一些红糖水煮鸡蛋，或者猪脚面线等传统的产后饮食。

TIP 4

强烈建议带上照相机或者摄像机，记录下这一幸福的时刻，但是要记住在不影响母婴的范围之内。如果怕自己会手忙脚乱，找个亲友来当摄影师也是个选择，安排一切会很繁琐，但是若干年后你和老婆白发苍苍，都有小孙子在脚边打滚时，再把影像拿出来观看，一定会很温馨。

TIP 5

最最重要的是，千万不要见异思迁，喜新厌旧。新扎奶爸难免会对小宝贝爱不释手，亲个没够，可是旁边还有一个受尽痛疼，担心自己身材走样，皮肤长斑，身体发生巨大变化的女人。给她一些赞美，一个吻，一句安慰，她会为了这一刻你做了该做的事情而感到温暖，而不会在日后吵架时把你当作一个混蛋来骂。

2.产房护士是现成的育儿老师

哄了宝宝睡觉以后，终于可以休息下了，我就瘫坐在椅子上，身体疲惫，但是精神还在极度兴奋。完了，忘记向我爹娘和岳父岳母大人报备了！估计接下来几天我大熊还有的折腾，于是我迅速拨通电话：“妈，小静生完了，您放心吧！明儿早上我去就去机场接您二老！哈哈，特别漂亮！啊？是姑娘，了了您的心愿吧？我就知道您喜欢姑娘！跟爸也说一声儿，我再给我爸妈也打个电话。你们四老赶明儿趁机会刚好还能见个面，唠一唠……”

我这一通巴结还没讲完呢，就觉得身后袭来一阵风，然后耳边响起护士小姐虽然刻意压低但依然充满霸气的声音：“你还让不让你老婆睡觉了？在病房嚷嚷什么啊？”

听到老婆二字，我立马心里一惊，迅速窜出病房，言简意赅地结束通话，脸上还不忘陪着笑保持笑容。自打进了医院，就觉得妻儿的命运交到医生护士手上了，所以我无时无刻都不忘对医护人员也表达敬爱之情，做好巴结工作，其实，在老婆日积月累的训练下，拍马屁已然成为了我的一项特长，此时终于派上了用场。

这会儿逮着护士小姐有空，我觉得有必要事先询问下，明天把亲友的爱心探望安排在何时比较妥当，谁知上天并没有怜悯我这颗易碎的玻璃心，作为新手奶爸，我又被扣上了不体贴的帽子。

“你以为生孩子是母鸡下蛋吗？生完就没事儿了？你老婆可是在鬼门关走了一遭，开表彰大会还得给英雄喘口气儿呢！让你父母她父母来看一下孩子就行了，有条件的话留你妈或者岳母在这儿，她们经过事儿，能给你搭把手，其他人来都是添乱，男人就会瞎折腾！”护士姐姐噼里啪啦一顿训。

虽然挨着骂，但我还是要点头哈腰地照做不误却毫不气馁，顺便还嘴上道着谢，此时此刻孤军奋战的我多么需要护士小姐这严厉但极具实用性的建议啊，简直犹如雪中送炭。

自从有了被护士小姐教训的经历，我就严重地患上了护士依赖症，有事儿没事儿就去找顿骂，因为据我研究，这可是增加奶爸经验值的捷径！

第二天，我和小静的双亲都赶来了医院，四位老人家对母女两个人如炎炎夏日般的关怀让我在一边都觉得有些冒汗，小静要去厕所，都得能引起半天的争论，小静不出奶水再次让老人家们担心了半天，在此过程中，护士小姐被无数次叫来充当仲裁员，不得不说，劳苦功高的护士小姐在一上午平息了许多场潜在的家庭内部矛盾，我对于她们的敬仰之情再次泛滥起来。

虽然是说有经验的家属在身边照顾会更加方便，但是双方父母坚持要留都留，为了避免战争爆发，我只好动之以情，晓之以理，好不容易把四老都先劝回家中先休息。照顾老婆的重担还是由我来扛吧！

小静身体恢复得很快，还有三天就要出院了。在回家之前的这三天，我把握每一次机会向护士偷师。有护士在休息的时候，我会厚着脸皮加入她们的聊天，带上我的小本本，边问边记。包括怎么收腰塑身，怎么炖汤补身，宝宝怎么吃奶，妈妈怎么喂奶，甚至更长远点的事情，比如老婆上了班怎么保证宝宝的饮食，如何给宝宝洗衣服，怎么观察宝宝的变化，……但凡想到的，我都一一打听清楚。小静非常赞赏我的这种做法，因为她说在养孩子这件事情上，我就是文盲级别，必须争分夺秒地补课！得到老婆的表扬我必须沾沾自喜一下。

[小静替大熊补充发言]

产房护士是良师益友，作为学生的我们也需要掌握学习方法，有的放矢。需要关注问题有：

● 我们新妈妈分娩后，为了美丽可能会借助束腰来恢复身材，但是这种方法可能会使腹压增加，引发妇科疾病，所以不要在产后急于使用，等身体自然恢复，同时通过适量运动和控制饮食的方法来恢复小蛮腰。

● 依据我的经验以及产房其他新妈妈们的经验，会在产后的第二天开始涨奶，但是医院一般会在孕妇分娩6~12个小时候安排哺乳。刚开始乳汁分泌较少的妈咪开始也不必太多担心，因为妈咪和孩子的接触后，会增加她的兴奋度，这时催乳素和催产素会大量分泌。所以要尽量增加和宝宝的互动，为哺乳做足准备。

● 喜添贵子是好事一桩，亲朋好友必定要来探望一番，但是护士小姐可能会对你说不。生气？不开心？何不听听原因呢？分娩消耗了我们的大量体力，害得我们形容憔悴，并没有太多的精力来和亲朋好友们见面。另一方面，分娩后体质可能会产生变化，热心亲朋带来的鲜花和某些调皮的细菌可能使宝宝和自己过敏呢！同时，宝宝需要时间来适应这个新的环境，给宝宝点时间，让宝宝也有个过渡期吧。

3.第一次拥抱的姿势

说实话，当看到软软的，粉红的，合眼安睡的宝宝时，我这一颗坚强的心脏就一直跳在喉咙口，这是多么奇妙，面前这个小小的生命，躯体里流着一半我的血，她从一颗小小的胚胎发育成四肢健全的婴儿，降临到这个世界上成为我和老婆的天使，光光这么看着她，我心底便充满着满足感。经过商讨，我和小静决定给宝宝取名叫小猫，爸爸黄大熊，女儿黄小猫，多么般配的名字啊。

“大熊，你的眼睛都闪闪发亮了，能不能收起这么花痴的表情？”老婆半躺在床上，搂着臂弯里熟睡的宝宝，无奈地对我说。

我摸了摸脸颊，难道我现在看起来很像花痴？哎呀，虽说以前没生过孩子，但也见过别人家的，怎么那时候觉得小婴儿也就是一团肉，现在看自己的宝宝却越看越像朵花？抬眼对上老婆微眯的眼睛，我讨好地道：“这不是你生的宝宝嘛，长得和你小时候简直一模一样，看，这脸蛋，这皮肤，刚刚的美！简直让我一见倾心嘛！”

老婆一皱眉头：“那时候你也在吃奶，你怎么知道我婴儿时期长啥样？”

我继续溜须拍马：“这不是有照片嘛，上回回家给丈母娘扛了两罐煤气，她老人家一开心，赏了我几张你的婴儿时期的艳照看，当时我觉得这个老婆娶得可值了，从小到大都这么美！”

哄孕妇，哦，不对，哄新辣妈，我还是有一套的，看来我这马屁是拍对了，老婆一扬眉头，脸上浮现十分受用的表情，说：“对了，你还没抱过宝宝吧，要不要抱？”

我登时紧张起来，搓着手不自在地对老婆说：“这个，我不知道怎么抱啊！”

嘴巴上虽然这么说，但是早就跃跃欲试了，天知道我多么想抱抱我的娃，再狠狠在她的小脸蛋上吧唧香一口！

我脑中像雷达一样搜索着电视剧中演员抱婴儿的示例，自我感觉那动作不太高难度，迫不及待地伸手将宝宝接过来，让她的头靠在我的右臂弯，手臂环着她，将她圈在我的怀中。

这感觉，有点难以言喻。

怀中好像抱着一个玻璃似的人儿，我僵着身子不敢妄动，深怕一个手滑将她跌了，又怕自己呼出的气息打扰了宝宝甜美的睡梦，我笨拙地搂着她，低下头打量她，宝宝微微动了脑袋，吧唧了下嘴。

宝宝就这么两个无意识的动作，看的我心又要醉了，耳边响起老婆忍俊不禁的声音：“大熊，你小子当年第一次抱我，也是这种又紧张又兴奋的搞笑样子。”

我“呃”了一声，怀里抱着宝宝分不了心，我决定任老婆嘲笑，不强调当年的我其实是多么玉树临风潇洒多姿。

怀里的宝宝动了动，似乎要醒过来了，我屏住呼吸提着心看着她，她微微皱了皱眉头，软软的眼皮露出一条缝，我惊喜地对老婆轻声叫说：“要醒了要醒了！”谁知话音还没落，“哇……”得一声洪亮的哭声便响彻病房。

我脑门上立刻冒出黄豆大的冷汗，手足无措地抱着宝宝说：“怎么办？怎么会哭？饿了？还是尿布湿了？”

“刚才喂过奶，不会这么快饿吧。”老婆也坐直了身子凑上来，检查了一下尿不湿：“没有尿啊，怎么会哭？”

我们两个哄着说别哭别哭宝宝乖，宝宝却不听我们两个的话，继续扯着嗓子呀呀地哭，小脸皱在一起，看的我心都揪痛了，我笨拙地尽我所能安抚她，却没有什么效果。

前来查房的护士姐姐闻声推门进来，被宝宝闹得手忙脚乱的我们两个看见护士就像见到了大救星一样，求救的目光齐刷刷地投向她。护士姐姐走过来，将宝宝从我怀中接过去，熟练地颠摇了两下，手掌轻拍着宝宝的背部，高亢的哭声渐渐变到细小的抽噎再到没有，正哭闹的宝宝莫名其妙地安静下来。

我和老婆目瞪口呆地看着护士姐姐施魔法一般安抚住哭闹的宝宝，护士姐姐瞅了我一眼：“黄大熊，你会不会抱孩子啊，哪有胳膊肘咯着孩子的脖子，另一只手抱着孩子的脚啊？”

我张大了嘴一脸茫然，护士把宝宝递还给我，纠正着我抱孩子的姿势：“横抱的时候，你让孩子平躺在你怀里，大致的姿势没错，但是要注意，手肘不能咯着孩子的脖子，一定要支撑好孩子的头部，手掌再扶住孩子的小屁股，抱的姿势不对，婴儿会不舒服，就比较容易哭闹。”

原来如此，别说是小婴儿了，就是大人我，脖子被咯也会难受，婴儿不会说话，只能用哭来表达她的不适，我心疼地看向安静下来的女儿。

不知道这护士姐姐还有什么不传的育儿秘籍，改日一定要偷师学来！

[大熊血泪箴言之抱宝宝篇]

TIP 1

刚刚离开母亲温暖的子宫的宝宝，在父母的怀抱中会感觉到温暖和安全。但是抱宝宝是一门技术活，一定要注意好姿势。否则宝宝会感觉到不舒适，轻则用哭声来谴责你，重则会影响孩子的身体发育。一般抱宝宝应该在他苏醒的时候，尽量避免在宝宝熟睡的时候去抱，抱之前可以先做动作或说话逗引，吸引宝宝注意力，再将宝宝慢慢抱起。

TIP 2

新生的婴儿头大身子小，由于各方面的身体机能还没发育完整，骨骼还没有硬化完全，肌肉的力量十分单薄，脆弱的颈部骨骼难以支撑较重的头部，抱起来的时候宝宝的头部会摇晃，没有办法自行直起。所以对于初生的婴儿，拥抱的姿势应当十分讲究和小心，最最重要的一点，一定要托好婴儿的头部。对于新生的婴儿（**1至3个月**），主要应该采用横抱和小幅度的斜抱方式。

● 横抱，顾名思义，就是让宝宝横躺在你的怀中。可以将手轻轻地伸入宝宝的颈部下方，另一只手从另一边伸进宝宝的臀部下方，微微使劲温柔地将宝宝搂过来，让宝宝平躺在你的怀中，一只手臂注意支撑起宝宝脆弱的头部和颈部，让他的头能靠在你的手肘，另一只胳膊扶着宝宝的臀部和腰部。

● 斜抱，是在横抱的基础上，两只手臂高度有落差，让宝宝头高脚低斜躺在你的怀中，倾斜角度一定不能太大，适当就好，这一招对于喜欢吐奶的宝宝比较有效，会让宝宝减少吐奶，感觉舒适。

TIP 3

对于**3个月**大之后的婴儿，可以适当地采用直立抱，不仅婴儿会感觉到舒适，还能训练到宝宝的身体肌肉。直立抱分为两种姿势，我戏称其中一个为面对面，另一个为背对胸。

● 面对面的直立抱是你一只手托着宝宝的臀部，另一只手扶着宝宝的头颈背部，让宝宝趴在你的胸口，父母的心跳有助于给宝宝安抚，并且能增加亲密感觉。

● 背对胸的直立抱则是让宝宝面朝前方，背部和头部贴着你的胸部，一手环住宝宝的胸支撑他，另一只手拖在宝宝的臀部，也可让宝宝坐在你的手肘上。婴儿对四周风景往往有着强烈的好奇心，这样的姿势方便宝宝观看。

TIP 4

不要单手抱宝宝，尤其是刚出生的婴儿。双手抱孩子也许会不方便取物做事，但是也一定不要图方便单手抱着宝宝，免得不慎给宝宝带来危险。如果实在需要带着宝宝做事，可以采用专门的婴儿背带，将宝宝绑在胸前或者背后，婴儿背带一般适用于2个月以上的宝宝。

TIP 5

注意你身上的坚硬尖锐物品。抱孩子的时候，一定要注意身上是否有纽扣、钥匙、拉链等会碍事的物品，注意避免在无意中划伤敏感的婴儿肌肤，或者咯到孩子。经常需要抱宝宝的家长要尽量穿着舒适柔软的衣物。尽量穿棉质的，柔软的衣服，让你的怀抱温暖而舒适。

TIP 6

注意身上不要有刺激性的异味，香水或者烟味都会对宝宝造成刺激，抱孩子之前，不要喷洒过浓的香水，不要抽烟。

TIP 7

抱孩子也可以“fashion”一把，当你和宝宝都洗白白洗香香之后，可以裸抱宝宝，和父母肌肤相贴会给婴儿带来安全感，更能增加亲密度，但是要注意周遭温度避免着凉，天气太冷的话还是不要了。

4.参加医院的宝贝游泳“大赛”

孩子出生后，新夫妻总是不免会围着宝宝，发表一通感想：宝宝是胖还是瘦，是乖还是闹，感想之余自然还要回忆下宝宝妈妈痛苦的分娩过程。

我问老婆，“生娃到底有多痛？”

老婆抽了抽嘴角，冷笑道：“想知道？估计就和你们男人的蛋蛋被连续踹差不多吧，而且是不知道什么时候才能踹完的那种。”

我倒吸一口凉气，老婆意犹未尽，恨恨地说：“那医生还估计错了预产期，害得我还没做好心理准备，就要急急忙忙上战场，不对，是上产床！”

我狂汗，老婆比预产期提前了一周生产，当时手忙脚乱的情景至今历历在目，没想到老婆现在还记着医生的仇，我笑着说：“那还不是你的肚子太小，宝宝嫌弃了，要早点出来换个大户型！”

老婆一把扯了桌子上宝宝的尿布来打我，说道：“我的肚子哪里不好了，我供应她吃，供应她喝，还提供私人羊水泳池，温暖又舒适！”

我笑出声来，我老婆果然还是一如既往的彪悍，我勉强恢复正常的表情，看了看手表，差不多到时间了，我站起身来，摆出一副贱样，逗老婆道：“人家宝宝现在不需要你的私人泳池了，我们换更大的了，还有很多小朋友一起游，你好好歇着，我去看宝宝游泳啦。”

老婆瞪大了眼睛，作势要使出降夫十八掌，我赶紧做出讨饶的表情，脚底抹油溜出病房。

本来我还担心说，刚出生的宝宝怎么会游泳？不会被水淹吧？后来才知道，婴儿在子宫中就全是羊水就是在水中自由活动是婴儿从母体中带出的本能，当然不会被淹。现在各大医院都有婴儿游泳的设备，这是国外引进来的新做法，和我们大人去游泳馆游泳不一样，宝宝游泳只是让宝宝在水中做适量的运动。

我到了医院的婴儿游泳中心，护士姐姐们要分批让宝宝游泳，我家的女儿脚腕上带着标识牌仰躺在垫子上，护士正给她做热身按摩。

我凑过去，对宝宝挤眉弄眼，护士姐姐一边给宝宝轻轻按摩着腿部肌肉，一边对我说：“黄大熊，以后回家自己带宝宝游泳的时候，记得要先给她热身按摩。”

我忙不迭点头记下，心中偷笑，这位护士姐姐已经被我叨扰到只要一看到我，便自动传授有用的护理经验了。我看着宝宝，她踢踢蹬蹬腿，吧唧了下嘴巴，很开心的样子。

护士姐姐示意我横抱起宝宝，让她小脸朝上，然后拿来一个专用的透明充气游泳圈，这是套在婴儿脖子上的，有一个专门的凹槽，用来搁放婴儿的下巴。护士姐姐小心地将游泳圈套在宝宝的脖子上，然后把宝宝轻轻地放到婴儿专用的游泳盆中。这个游泳盆是塑料制的，里面盛着水。

我伸手试了试水温，不是很热，担忧地对护士姐姐说：“要不要加点热水，会不会着凉啊？”

护士姐姐白了我一眼：“你以为这是在洗桑拿啊，38℃正好！”

38℃？难道这水是在模仿母亲子宫羊水的温度？看起来靠谱，这样能让宝宝有一种回到母亲子宫的感觉，还能安抚她的情绪，唤起她的本能。我安下一颗心来，专心看护起宝宝。

和我家宝宝一起游泳的还有一些别家的宝宝，每个宝宝一个游泳盆，导致游泳中心里满满当当挤得都是游泳盆。每个盆里都有一家的心肝宝贝，盆边有个提心吊胆看护着的父母亲或家属，简直就像是一场游泳比赛。游泳中心里一片哗哗的水声，护士姐姐在一旁指导监护，这些小宝贝们入水之后，就像重回了母亲的子宫，各个都舒服得简直要冒泡儿了。隔壁游泳盆里的是个昏昏欲睡的小子，他懒洋洋地躺在水中，动都懒得动一下，前方的那个宝宝估计有点怕水，入水之后就开始啼哭，搞得家长和护士手忙脚乱地安抚。我低头看下女儿，宝宝微眯着眼睛，小手小脚在水中摆动，十分活泼生动，那表情好像在说：“游泳嘛，小意思，看我的！”，我顿时骄傲不已。

我伸手轻轻拨动着池水，宝宝随着波浪微微起伏，脖子上的游泳颈圈托着她的头浮在水面上，两脚蹬着，微咧着嘴，看起来十分舒服开心，我玩心大起，伸手扶住游泳颈圈，引着她在池子里慢慢动着。

我正沉浸在一派天伦之乐中，忽听耳边一声喝止：“黄大熊，放手！”我差点吓了一跳，护士姐姐揪起我的手，喊道：“别抓着游泳圈！”

我还想辩解，我指甲不长，不会把游泳圈抓破啊，岂料护士姐姐说，新生婴儿的颈椎很幼嫩，引导宝宝在池子中运动的时候，千万不能抓着游泳圈，而是应当拉着宝宝的小手。

原来如此，我不敢再乱动，让宝宝自己漂在水中，轻轻拨着水花逗她，还没过二十分钟，护士姐姐又回来了，一把将宝宝捞了起来，摘掉游泳颈圈，帮她擦干身体穿上襁褓，说可以回病房了。

这就结束了？我还意犹未尽，腆着脸去求护士姐姐，“让她多游会儿吧，宝宝玩的很开心啊。”

护士姐姐又赏了我个卫生眼，“你以为泡温泉啊，十五分钟足够了，再游下去会累着宝宝的！”说完便招呼着我将宝宝送回病房。

[大熊血泪箴言之宝宝游泳篇]

对于新生到2周岁的婴儿，可以进行适量的水中游泳训练，能够锻炼骨骼和肌肉，活动关节，增加反应力和灵敏度。一般医院都会给新生的婴儿组织游泳“大赛”，这时候宝宝爸妈可以陪同宝宝参加，让宝宝适应游泳这项运动，医护人员会指导你如何看护，出院回家之后，有条件的话可以自备婴儿游泳设备，在家中给宝宝游泳。

TIP 1

游泳之前不宜喂奶，也不宜空腹，最好在喂奶前后**一个小时**左右进行，这和我们大人一吃完饭或饿肚子之时都不宜锻炼是一个道理。

TIP 2

游泳之前应当对宝宝进行热身按摩，别以为宝宝肉软嘟嘟的，就不会抽筋哟。入水之前，还要给新生儿贴上防水脐带贴，避免宝宝还未长好的肚脐感染。

TIP 3

游泳的设备包括游泳盆，充气游泳颈圈，应当购买正规厂家的安全无毒产品，每次使用后要消毒。

TIP 4

水温应当保持在**37℃**或者**38℃**，冬天可以适当提高一两度。用清水便可，别图方便或者情调,往水里加些泡泡香水等，避免对婴儿的娇嫩皮肤造成刺激。

TIP 5

如何让宝宝快乐安全地游泳，大熊我总结出了三个步骤：

● 步骤1：一人将宝宝平躺抱在怀中，一人将充气颈圈套在宝宝脖子上，让宝宝的下巴搁在颈圈凹槽上，耳口鼻露在颈圈上，避免进水，扣好纽带。

● 步骤2：将宝宝轻轻放入水中，让宝宝浮在水面自由游动，注意让宝宝始终在你一臂的距离之内，随时可以照应得到，防止突发事故。宝宝入水之后，有时候会哭闹，可能是缺乏安全感，或者水温太高，也可能是脖圈不够舒适。可以温柔安抚他，如果哭闹得厉害，抱起来安抚，喂点水之后可以尝试再游，有的宝宝一开始会怕水，多游几次会克服。

● 步骤3：用手轻拨动水，让宝宝感觉到波浪，牵引宝宝的时候，不要图方便扶颈圈，更不能左右转动颈圈或者摁下颈圈，应当是牵着宝宝的手，轻轻引导。多说一些安抚性的话语，称赞你的宝宝，孩子对父母的称赞，有一种天然的好感，可以让宝宝游得更加顺畅和积极。

TIP 6

最后要注意，游泳时间不宜过长，一般10到15分钟为宜，既能保证宝宝的锻炼量，也避免宝宝过于疲惫。

5.安全把宝宝从医院拐回家

回家的日子到了！我黄大熊终于可以在宝宝面前展现我自己超一流的家务水准，我一定不会辜负宝宝对家的期望！

从看到宝宝的第一张B超照，我就在盼望一个场景：每天黄昏时，小区窗外

的长椅上，坐着一对夫妻，他们头靠在一起，注视着母亲怀中婴孩那可爱粉嫩的脸庞，还有恬淡温馨的音乐做背景。多么温馨的家庭剧啊，那时候，演员只有我和老婆两个，现在终于到齐全了，赶紧回家“拍戏”吧！“大熊，我的外套呢？”“大熊，别让妈动手，你利索点儿行吗？”“大熊，你出生证领了没啊？”老婆一叠声的呼唤让我有些神智涣散，努力地定住元神后，我继续抱着小本本一项项地完成任务，并选择沉默。

岳父岳母在家一大早就呆不住了，赶到医院来声援我。面对老婆大人的强势高压，我自然不敢劳动二老帮我干活，他们此时最大的任务是安抚老婆那颗暴躁的小心灵。

“护士，健康检查做完了，黄疸值也没有问题。”我左手捏着证明书和手册，右手拎着宝贝的毯子，有些气若游丝的感觉。

护士好心地一边帮我卸下毯子，一边问我：“疫苗呢？”

疫苗？我小本本上没有这两个字啊……

“宝宝，爹爹对不起你，没有保护好你！”我的心里大声地呐喊着。护士看我一脸呆滞又悔恨的表情噗地笑了出来：“你家小猫的第一针卡介苗早就打过了，我逗你玩儿呢！”

我**囧囧**有神地回望护士，长出一口气，暗暗想，黄大熊在医院看来已经是声名远播了，不过这年头爱护老婆敬畏老婆是一件多么光荣的事情啊，正是因为老婆时时给我警钟长鸣，才造就出我这么一个五好老公加老爸不是吗？！

办完了手续，我窜进了病房，老婆见我进门，满脸期待地说，“大熊，东西带来了吗？”

我点了点头，“我办事，你放心！把小猫放进去吧！”一边说着，一边从背后变出了个塑料篮子，里头垫着软垫被子，轻轻抱起宝宝放进去。

岳母奇怪地看着我放宝宝：“怎么把小猫放篮子里了？”

我嘿嘿一笑：“妈，这叫婴儿手提篮，从国外传过来的做法，宝宝出院的时候不能手抱，要放在篮子里提出去，这样是最安全的做法。”

“把孩子提青菜一样提出院像什么话啊？”岳母十分不解，动手上来便要将小猫抱出篮子：“放篮子里跌了磕了怎么办？”

我赶紧拦下岳母，耐心地解释说：“宝宝这样躺在篮子里面，比抱着舒服，还安全呢，您还记得我车上安的那个儿童安全座椅了吧？和提篮是配套的，上了车之后把篮子安放在安全座椅上，比人抱着宝宝坐车安全太多了！”

岳母哈地一声，一头雾水，没听明白，老人家搞不清楚年轻人的玩意儿，依旧坚持着要抱小孩，我说了一通她不听，急得我满头大汗，小静那中气十足的声音犹如天籁一般响起，拯救了我：“妈，这回你就听大熊的！”

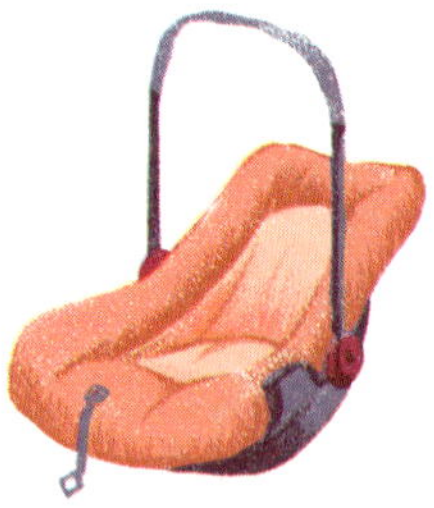

我泪眼汪汪地看向老婆，老婆，你真美！小静白了我一眼，招呼我带上医院发放的各种文件，提起宝贝小猫，岳母扶着老婆，岳父提着些住院的杂物，英雄凯旋似的和医院的护士医生道别。

护士姐姐看到我们家的装备，笑说：“黄大熊，不错啊，挺有心，都学上国外的做法，用篮子把宝宝提回家呢。”

我哪里敢抢风头：“功劳不在我，是我家老婆大人与国际接轨！”

一路上我得意地踩着油门儿，眼前的斑马线都变成幸福的小爱心了，本来还想开着窗户吹风唱唱小曲儿，但是由于宝宝在车上，还是谨慎地将车窗关好。

安顿好老老少少，大熊的回家心得上菜啦。

[大熊血泪箴言之出院篇]

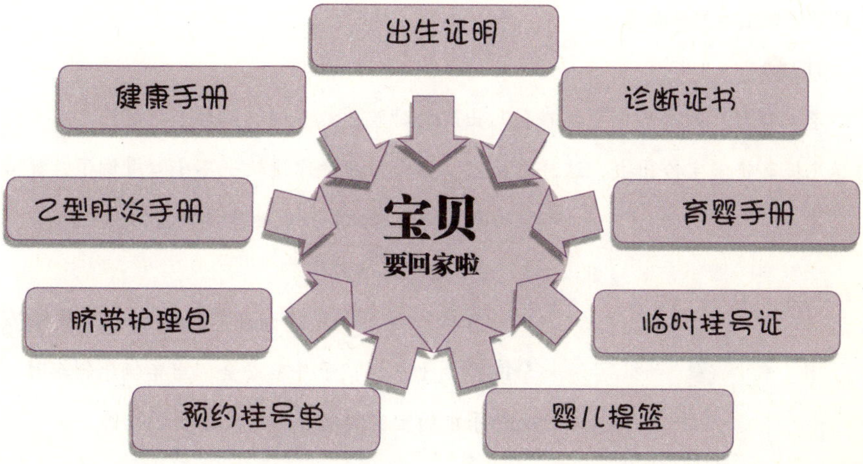

TIP 1

在出院之前就要给宝宝起完名字了，领了出生证去派出所办理好相关登记，你家宝宝就结结实实地扎根啦！除了出生证明，医院一般还会提供如健康手册、诊断证书、乙型肝炎手册、育婴手册、脐带护理包、临时挂号证、预约挂号单等文件，这些东西都要保存好，日后都会派上用场。

TIP 2

建议不要使用公共交通工具带宝宝回家，刚刚出生的宝宝还很脆弱，以防感染细菌，最好使用私家车或者是出租车。在途中给宝宝用的衣物和被子不要忘记带，回家路程超过2小时的，父母就要准备奶瓶、奶粉、开水了，不要让宝宝饿肚子哦。有条件的话，出院时找几个亲朋做帮手，人多力量大，一个人忙前忙后可能会有疏漏的事项。

TIP 3

出院的路上尽量给宝宝做好保暖措施，吹风容易导致感冒，应当关好车窗，或者使用婴儿兜帽等挡风物品。

TIP 4

婴儿提篮！欧美国家医院在婴儿出院的时候，都不建议父母手抱婴儿，应当使用婴儿提篮将宝宝拎出去，这样避免宝宝磕碰，即使你腿软一不小心滑倒了，提篮里的减震棉垫也会尽可能地保证宝宝的安全。

TIP 5

有车一族，强烈建议在车上安装一个**儿童安全座椅**，坐车抱孩子并不安全，当车辆急刹车时，父母手中的宝宝瞬间会增加几十倍的重力，宝宝会高速向前冲，你几乎不可能抱稳宝宝，国外许多国家已经明文规定乘车时儿童必须使用安全座椅，能大量降低车祸时的儿童死亡率和受伤率。

● 安全座椅最好应安放在驾驶座后排，这是最安全的位置，绝对不能放置在副驾驶座上。

● 儿童安全座椅有年龄和体重的分别，应当购买与自家宝宝年龄体重相当的座椅，这样才能让宝宝在椅子上感觉到舒适，也使车子的颠簸和震动对孩子的身体发育影响降低到最少。

● 使用安全座椅的时候，可以按照使用说明，调整靠背斜度，让宝宝平躺或者斜躺，这样的姿势在旅途中会让宝宝感觉轻松一点，扣好安全带。

TIP 6

开车的时候，如果孩子哭闹，切莫一边哄宝宝一边驾驶，应当停稳车子之后，再照顾宝宝，总之安全驾驶原则要贯彻！

第2章

大老爷们的育儿经

1.你买了多少本育儿书？

一般来说，这年头，谁都想要装得有文化，

你房子只有60平米？那挤出10平米搞个书房，来个占整面墙的大书架，整些烫金的《中国历史》《基督山伯爵》《飘》等看起来又高端又带范儿的书，一溜儿的硬壳子砖头本，要是言情小说你还不好意思往上摆。一定要高雅文学，冷门学科，最好还带艺术气息，如果有英文、日文、希伯来文等各种鸟语原版书，那就锦上添花，赶紧摆在进门显眼处，锃光瓦亮比什么护身符都好使！外人一进你家书房，肯定齐刷刷哇一声，对你的文化水平犹如滔滔江水之绵延不绝。

我是个上班族，上的还是不需要多少文化底蕴的班，为了赶上有文化的时代潮流，房子装修的时候也整了个这样的书房，平时就端杯咖啡窝在书房中惬意地——上网，那些高贵的书籍在架子上空虚寂寞地落着灰。

小静曾对我的这种装逼行为表示过强烈的抗议，她的观点是，买一套当摆设的史书还不如给她买个包包，对于老婆大人的这种异议，我的处理方式是，买一套当摆设的史书，再给她买个包包，皆大欢喜。

我沾沾自喜以这种方式化解家庭矛盾，百试百灵的招数竟然有失效的一天，都说怀孕的女人因为身体荷尔蒙分泌的原因，个人性情生活习惯会有所变化，我家小静除了比平时更容易散发“王霸之气”之外，也变得更加小气……

刚开始，我还觉得欣慰，有个节约的老婆是多么幸福的一件事，但是当我再一次扫光书店的育儿书架的时候，忍痛将烫金大书全都堆到床底，一本本摆上花花绿绿粉粉嫩嫩的宝宝书，老婆将我的工资卡摔在了我面前……

我看着数字急剧减少的工资卡，脑壳中冒出冷汗，想着还要给宝宝攒奶粉钱，顿感压力山大。

老婆从书架子上抽出一本《如何应对孩子的青春期》，手叉腰对我道："黄大熊，这，十几年后才用的着的书，不用现在买吧？"

我狗腿地陪笑："有备无患，先学习着！"

老婆一把把书往我的面门砸来，再指着那《养儿子应该知道的事儿》和《养女儿应该知道的事儿》，无奈道："这两本，不能等到孩子生出来，知道是男是女后再买么？"

我担心地回说："万一到时候书店没货了怎么办？"老婆两眼一闭，一副被我的智商气晕过去的模样，我赶紧凑上前去帮她顺气，摆出讨好的表情："呃，老婆，我会努力赚钱，这个月你还是有包包的。"

老婆一巴掌扇过来，"不是包包的问题！你买的有些书都是重复的，有的要等到十几年后才用的上，到时候说不定育儿观念有了改变，都得当废纸卖了。"

我委屈地辩解："这不是要当爸爸了，心里没底，想多学习一下嘛。"

似乎是我这个想要当个好爸爸的志向感动了老婆，她看我的眼神闪了闪，缓和了一下脸色，教育道："书不是这样买，平时你买的那些华而不实的书，做装饰我就忍了，看你这回买的宝宝书籍，有的不实用，有的太重复，甚至有的不科学，这样很浪费的知不知道？"

老婆的气场太强大，简直要把我打压到尘埃里去了，我赶紧点了点头，表示完全理解领导的教诲。

老婆一伸手，说道："卡拿来！"

我一愣，什么卡啊，老婆哪能给我装傻充愣的机会，劈手把我手上的工资卡夺过来，嘴边挂上一抹狐狸似的微笑，得意地说："为了确保你不再乱花钱买书，钱现在都归我保管，每天发你10块零花哈。”

这简直有如晴天霹雳，我回过神来哀嚎：“老婆大人饶命啊，下手不要这么狠啊！”

小静哪管我装可怜，摇小扇子一般摇着我的工资卡，腆着肚子猫步走了，徒留我在书房，对着山高的书籍欲哭无泪，10块一天的零花，怎么够用啊，真的要把我的藏书当废纸卖了换钱花了吗？

[小静用来对大熊训导的买书指南！]

新手上路，有书不愁，新手爸妈难免因为底气不足，需要一些育儿书籍来做指导。如今图书市场乱花渐欲迷人眼，各种类型书籍层出不穷，在养儿越来越贵的年代，应对如何买书？如何用最少的钱买到最合适的育儿书呢？

TIP 1

要精不要多。别像大熊一样，一看到有宝宝头像的书籍便带回家，市场上的育儿书籍重复率高，可以对比内容，主题，避免重复购买。

TIP 2

充电并不是盲目的，看准你需要什么内容，比如不懂得该给宝宝吃什么，可以买专门的营养食谱，宝宝生一些小病了不懂怎样护理，可以购买儿科医书。

TIP 3

可以添置一些儿童读物，尽量多带图片的画报类书籍，简单的童话书籍，色彩缤纷容易引起宝宝注意力，家长可以读给宝宝听，即使宝宝听不懂也没关系，启蒙其实就在生活的一点一滴当中。

TIP 4

字体比较大、纸质偏黄色的书籍。这样的书籍纸质良好，排版科学，而且字体大让眼睛不易疲劳。别忘记了，看书的人是怀孕的我们，孕妇十分容易感到劳累，应该尽量挑选不费眼睛的书籍。

TIP 5

选择新近出版的书籍。育儿观念也要与时俱进，不要用落后的知识来养育新时期的宝宝，新扎奶爸奶妈应当是紧跟潮流的人群。

TIP 6

善用电子书。网上有不少育儿论坛，许多养育过宝宝的过来人会在坛子上分享自己的心得体会，有空可以多去取经，但是要注意每一个宝宝都是独一无二的，别人家适用的法门不一定在你家宝宝身上也适用，我们应当取长补短，争取自己总结出一套最适合自家宝宝的经验。

2.没有婴儿房？那来张婴儿床

我一直自顾自地觉得自己的生活幸福美满，光是住房面积就高达59.8平米，还有什么不知足呢？由于拥有这种过分乐观的心态，所以在知道将会有小猫降临于世之前，我从来没有为房子的大小困扰，我觉得现有面积完全可以撑得下一个甜蜜的二人世界了，再加上我家装小天才的收纳功力，我家房子必须流露出120平米的气质。

但是，小猫出现后，大熊认为自己需要奋斗了。

我和小静花了好一阵子，试图能够通过空间的整合给小猫搞出一间婴儿房，但是发现营造出现实的120平米和虚拟的120平米不是一个难度系数的事情，最后未遂。尤其让人伤神的是，小静一看到电视剧里刷得粉嫩嫩，闪着小夜灯的婴儿房时，就两眼放光，连声叹气，这时，我这个老公在旁边会觉得很是委屈她们。于是我安慰自己，没有一个宽敞华丽的婴儿房没关系，有一个舒适安全的婴儿床也不错啊。

就这样，我带小静踏上了挑选婴儿床的征程。事实证明，男人和女人的审美很难统一。小静隶属于外貌协会，而我时刻以315的标准严格要求产品，所以挑选婴儿床的过程自然很让人惆怅。

“这个好适合我们家小猫啊！”一走进店门，小静就如狼似虎地扑向一个通体白色的小床，外围是白色的木板，里面衬着粉色碎花软垫，摆明是营造童话氛围。店员一看小静这架势，自然不会放过推销的好时机，在旁边开始煽风点火：“姐，您是要给女孩儿挑吗？是的话这个再合适不过了，您看着颜色，板材，花饰，绝对的欧式田园，您如果是放在主卧，可以配上旁边这套大床和柜子，效果保证一级棒，不比白雪公主的差！”

我心里只能不停地orz：“老婆，要挺住啊！咱不缺家具……”同时呢，嘴上瞅准时机跟小静挑刺："亲爱的，你看这个床四周都是板子，小猫躺在里面只能瞅天花板了，多无聊啊，咱换个带栏杆的吧。"

"嗯……"小静依依不舍地摸了摸围板，才被我拉走。

到了另一家店，我还没仔细看，小静就发出惊呼："大熊，我太爱这个了！超配我们卧室风格的，才1200，要不就它吧，服务员……"

没等小静继续发出声音，我就赶快拉她逃离现场。什么急性子啊这是，女王果然不知柴米贵啊，有经验的朋友告诉我。市场价400~600块的婴儿床和千元以上的质量上其实没有太大的差别，而且我黄大熊向来是只选对的不选贵的，这是绝对原则问题，是不能用谈判妥协的问题。

"你老跟我作对！你是不是不爱我，不爱小猫？"女王怒了，但我要保持镇定，毕竟是在外面，小静还不会采取粗暴言语和肢体动作来对付我。

把老婆往自己身边拢了拢，敲敲硬邦邦的铁床柱，做悲愤状："我们小猫怎么能躺在这种满是铁锈和油漆味儿的床上呢？而且这个床垫子也不是海绵的，我怎么会在乎价钱，我是担心小猫和你的健康啊！"

小静俯身闻了闻那张床的味道，也皱了皱眉。我算是放了一点心，又再次阻拦了质量不可靠的婴儿床近我家宝贝。

超实用的ORZ:

要挑到环保家具，一要选择具有口碑和信誉家具品牌及商场，家具最严格的质量标准是欧洲E1环保标准（甲醛量不超过1.5mg/L）。

环保认证是另一个判断家具是否环保的标志。国际通用的是ISO14000环境体系认证，国内的主要是中国质量环保产品认证，CQC认证，CTC认证。

现在正规的家具公司都要给产品出具"身份证"：《家具使用说明书》，购买前一定要搞清楚上面的各项指标，购买后也要好好保管。

就这么吵吵闹闹了大半天，跟店员费了无数口水，总算让我们挑到了一个满意的原木婴儿床。它不华丽，但是就像父母对孩子的期望，安全健康才是最可贵的。每当一天工作完毕，睡觉前看看小猫睡得甜甜的脸，我就觉得一天的奔波都值得了，当然再累也不会忘记跟大家分享为人父母的真爱经验啦：

[大熊血泪箴言之买"床"篇]

选择合适的婴儿床

- 材料
  - 无铅油漆
  - 拒绝甲醛
- 防护措施
  - 围栏间距8CM
  - 围栏高度55-60CM
  - 床板夹缝小于6CM
  - 婴儿床宽度小于70CM
- 床垫
  - 面积为69.2X131.1厘米
  - 厚度不超过15.2厘米

TIP 1

选择婴儿床时,尺寸很重要，建议带着尺子去购买，并且需要对数字格外留意：

● 标准的围栏间距应当是8cm，太宽了会使宝宝的身体掉出去；

● 围栏高度应在55~60cm之间，以确保宝宝不会攀爬出床围；

● 床板夹缝不要超过6cm，以免夹到宝宝的小身体；

● 婴儿床的宽度最好不好超过70cm，否则在家里要移动它会成为非常困难的事情。

TIP 2

应注意产品是否有安全认证标志：床上的涂料和材质要选用环保材料，一定要确保使用的是无铅油漆，同时也要拒绝含甲醛的材质，以防止影响到宝宝的发育和健康。如果还是不放心的话，可以在预产期一个月前就买好婴儿床，放置在家里散味道。

TIP 3

婴儿床具备安全防护措施最重要。宝宝刚出生时的身体很小也很娇弱，一定要充分考虑到婴儿床的安全问题。新扎父母务必要确保床垫和床架之间没有过大的空隙，否则将会产生宝宝头部被卡住，导致窒息甚至死亡等严重的后果。同时也要确保婴儿床上宝宝所能接触到的表面都是平滑的。婴儿床的四周都要用防撞垫来覆盖，防撞垫要牢固，尽量选用可洗布料。一旦宝宝有足够的力量能够利用防撞垫站立，就应当将其拆下，以防宝宝用力时撞到自己。

TIP 4

选购一个选用合适的床垫很重要，床垫需要软硬适中，可以参考的标准数据是面积为69.2×131.1厘米，厚度不超过15.2厘米。关于选用弹簧垫还是海绵垫，大熊给出一个床垫的PK对比数据：

床垫PK之：弹簧垫vs海绵垫			
选　手	弹簧垫	海绵垫	点评
弹　性	较　好	零	宝宝不会借助海绵垫的力量攀爬出去，更安全
透气性	一　般	较　好	两种垫子都应该选择带有排气孔的以便排出异味
安全性	差	优	弹簧垫一旦出现破损，暴露出来的弹簧或者金属部件可能给宝宝造成伤害
价　格	贵	便　宜	海绵垫易变形，所以应当选择密度高的才比较耐用

结论：海绵垫以绝对优势胜出！

TIP 5

为了方便移动，最好选择带轮子的婴儿床，没事可以推着宝宝在屋子里逛逛哟。

3.精挑细选的奶瓶

有段时间，大街上兴起了一种奇特的流行，经常能看到十几二十岁的大小伙子大妹子打扮得花枝招展的，胸前华丽丽地挂一只奶瓶。压马路压渴了，就咬着奶嘴啜几口水，把奶瓶当水杯子用，说是怀旧的趋势。这种奶瓶很多店都有卖，瓶子外面涂得花花绿绿的，挂着一根长长的绳子，想要的话挑个好看的就成。

但是宝宝的奶瓶，不光得好看，还得好用，更得安全，可不是随便在货架上挑个长的顺眼的那么简单。这个道理，我也是从岳母身上才学到的。

刚带着宝宝回到家中，我突然感慨万分，去医院的时候还是我和小静两个人，回家之后，这屋子里便又多了一位小主人。这是多么神奇的事情。之前的一切准备都要派上用场啦，检阅我和小静两人工作的时机到了！

我的老岳母身子出了名的矫健，在我置办下的大堆婴幼儿产品中和地鼠一样刨了半天，最后刨出两个花花绿绿的瓶子，一手举着一个问我说：“大熊啊，这是给小猫用的奶瓶？”

我点了点头，脸上是一派好女婿的贤惠：“对啊，图案很可爱吧。”

那两个奶瓶上面印刷着满溢童趣的Q版卡通图案，一个是宝宝在吹泡泡，一个是小鸭子在洗澡，大大的肚子，瓶身有两个耳朵似的把手，看一眼都让人心柔软起来。那是我和小静两个人手牵手逛超市，两人对着一整货架的瓶子发呆，简直都要犯上选择强迫症了，最后我大手一挥，拿出一家之主的气度拍板定下，既然不知道怎么选，那就选个漂亮的！

岳母眉毛一吊，那两个奶瓶作势要向我砸来："漂亮，漂亮顶用啊，漂亮能吃么？这奶瓶哪里是刚出生的小奶娃用的？"

我不明白："为啥，奶瓶不都是通用的？"

岳母用看白痴的神情看着我，好像很后悔把女儿嫁给我似的，"看到没，这奶瓶的把手，是给婴儿自行抓握的，小猫刚从肚子里出来，手还攥拳没打开，你买这奶瓶当摆设啊。"

"还有，塑料的，刚出生的小婴儿最好用玻璃奶瓶知道不？瓶身都是花花绿绿的图案，奶泡开了没都看不到；才买两个奶瓶，为啥不多买几个，一个消毒一个破了，那用啥？"

丈母娘一连串的问题砸过来，砸得我晕头转向，愣了半天才弱弱道："两个都坏，没这么倒霉吧？"

"就算没坏现在也不能用，塑料的耐温可能不够，消毒的时候容易有些有害物质，虽然现在号称无毒，但塑料的还是不太放心，能用还是用玻璃的。走，跟老娘我去买几个，带上钱包！"

丈母娘大手一挥，一把将我这个"一家之主"拍在沙滩上，提溜起我的领子出门，说要给我好好上上一课，奶瓶可是要精挑细选的！

[岳母大人耳提面命之买奶瓶篇]

如今奶瓶品牌繁多，有贵有便宜，有进口有国产，挑奶瓶，看似乱花渐欲迷人眼，其实柳暗花明有诀窍。

TIP 1

奶瓶的材质。材质的挑选很重要，如今奶瓶的材质一般由塑料和玻璃制成，两种奶瓶各有优劣，无论是选择塑料还是玻璃材质的奶瓶，都应该选择瓶身透明度好，能清楚看到瓶内的奶水情况的奶瓶。

● 玻璃奶瓶

材质	优点	缺点
玻璃	耐高温 易清洗 可高温消毒	瓶身较重 易碎 不易携带

Attention: 只能在父母喂养孩子使用，宝宝3个月后有了自己抓握奶瓶的欲望的时候，避免摔坏奶瓶或者宝宝抓不动，可以更换塑料奶瓶。

● 塑料奶瓶

材　质	价格	安全性	优点	缺点
pc材质（聚碳酸酯）	便宜	一般	重量轻，不易碎	耐热点低，高温消毒容易释放有毒物质
pp材质（聚丙烯）	次便宜	较一般	同上	同上
pes材质（聚醚砜树脂）	较贵	较好	同上	耐热度稍高
ppsu材质（聚苯砜）	贵	好	同上	耐热度稍高

注意：挑选塑料奶瓶之时，一定要注意奶瓶不能含有双酚A，这是一种国家2011年才明令禁止在奶瓶塑料材料添加的物质，本用于提升塑料材质的透明度，但是容易引起婴儿性早熟等问题，不含双酚A的塑料奶瓶一般呈现一种淡茶色，不会很白很透明。

TIP 2

奶瓶的容量。容量应当根据孩子每次的食量来挑选，而不是为了方便一次性买大容量的。常见的奶瓶容量一般120ml到300ml之间，以50ml为间隔。

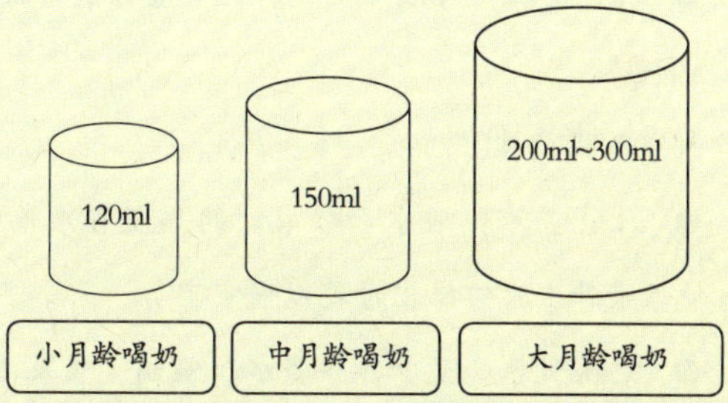

注意：奶瓶最好具备有防胀气功能。喝奶的时候宝宝如果喝进过多的空气，容易出现肚子涨大，打嗝放屁等症状，严重的会让宝宝不舒服地哭闹。

TIP 3

4个月前，可选用圆形奶瓶，方便母亲喂养。四个月后宝宝会逐渐产生抓握奶瓶的欲望，可换用圆柱形带把手的奶瓶。

TIP 4

奶嘴的选择：

- 形状：奶嘴要尽量挑选仿真乳头形状，宝宝会排斥和妈妈乳头形状不一样的东西，所以应该尽量给宝宝一种熟悉感。
- 材质：有乳胶和硅胶两种材质。乳胶质感更接近母亲肌肤，但是有天然的橡胶味道；硅胶无臭无味且抗老化，缺点在于口感略硬。
- 奶嘴孔：奶嘴孔有圆形，十字形和Y字形设计。圆形最为常见，可以让宝宝最不费力的吸奶，由于奶水是自然流出的，故而可以给不能控制吸奶的新生儿使用。对于吮吸有控制力的宝宝可以选择十字形孔的，十字形还适合给果汁，米糊等辅食使用。Y字形能减少奶嘴扁掉的几率，可以让宝宝边喝边玩。
- 具体选择：可以多买几种让宝宝都试一试，看看宝宝喜欢哪一种。

TIP 5

奶瓶购买数量：

- 母乳喂养：喂水和喂果汁的奶瓶各准备一个，再准备两个喂奶的大奶瓶（方便母亲外出时候挤出母乳以喂宝宝）。
- 奶粉喂养：至少备齐喂水、喂奶、喂果汁奶瓶各两个，方便一个使用的时候一个消毒。

4.婴儿服，款式质量都得有

有句老话怎么说来着？小孩儿要吃百家饭，穿百家衣，长大了就会健健康康。不过现在，住在城市里的八零后可没有那么便利的条件了，同事里大龄单身青年一大把，淘换旧衣服是没啥指望了，邻居呢，大多数是早出晚归的白领，想见面吵个架都费劲。衣服捡旧的是没有指望了，但是钱不会就这么白白从我黄大熊口袋里掏出去的。

但是，只要是女人，就不能在衣服上怠慢了她。有位大师说的对，女人天生就是衣服的奴隶，因此自从小静开始坐月子，我就过上了喜忧参半的生活。但好在每天迎接我的是各种软硬兼施的出门要求，而不是滴滴答答的刷卡短信提示。

小静同志非常不老实，试过各种方法企图出逃去逛街。曾经，她想用浑水摸鱼这招对付我。每次我一出门，她也换好衣服，亭亭玉立地往门口一杵等着我，假装遗忘了自己在月子期间这件事，“老公，你送我去个地方吧，今天小欣约了我呢。”

有那么一次，我都习惯性地要说好了，这时候小猫同志就及时地开始啼哭，我的脑袋里马上拉响警铃：“老婆，你怎么不睡觉去呢？穿这么累赘不舒服吧，您老回去躺着吧，回来给你带好吃的哦！”

把她摁回去后，马上关门，挡住背后让人万箭穿心的幽怨目光溜走。

既然在物理的商店里无法满足购物欲，小静就开始变着法子网购，可是，请注意咯，孕妇身材没有那么快恢复的，加上我这种十佳体贴好老公完全不能容忍亲爱的老婆饿肚子减肥的，所以，再次成功地阻止了小静的腐败。

每天面对着小猫的小静终于发现了自己的事业，上网，找婴儿衣的版式，从闺蜜的姐妹以及七大姑八大姨那里扒拉来了一堆旧衣服，开始每天咔咔嚓嚓的缝缝剪剪。

弄不好的地方，打电话让小猫奶奶远程指导。别说，出来的衣服还真不难看，小猫就是一个躺在婴儿床里的国际名模，前来探望的各路阿姨们那赞美得一个结实哟。

当然，这种状况是我黄大熊非常喜闻乐见的。一套好点儿的婴儿衣服怎么着也得上百了，我老婆闲来无事手痒再来个网购，又是一笔不小的支出。可是婴儿长的是非常快的，衣服买回来堆着也是堆着，多么可耻的浪费啊！现在好了，小静不嚷嚷出门逛街了，小猫不用出门儿买衣服了，每天在大家的赞美下，小静的心情好了，不再咆哮了，黄大熊的生活怎么能够这么美妙呢？

[小静DIY手把手教给你]

TIP 1

宝宝的婴儿服制作要点：

宝宝的婴儿服

- 0-3个月
  - 质地：柔软、吸水性好、透气性好的平织棉。
  - 款式：一般要穿的是连体和尚服，衣服上尽量不要出现硬物。棉布是最合适的面料。洗涤的时候要尽量用冷水。
- 4-6个月
  - 质地：毛巾棉或者是螺纹棉。
  - 款式：内衣可以是套头的棉衣衫，领口要大些，罩衣是胸前或后背开口式。
- 7个月后
  - 质地：选棉布混合弹性纤维的衣料或是涤棉，要结实吸汗，透气性好。天气冷的话，中间加毛衫，外面加抓绒外套或是棉袄。
  - 款式：分开的上衣和裤子，裤子松紧腰的最方便。

设计和选够婴儿服装的时候，需要注意这些细节：

√ 宝宝的衣服应当以开襟衫为主，可以方便穿脱，防止着凉。

√ 衣服上不要有硬物和尖锐物的装饰，会伤到宝宝。

√ 平常的内衣，罩衫要有，洗浴时要穿的小浴袍也要有。

TIP 2

不要经常给宝宝穿颜色鲜艳的衣服。因为染色材料往往含铅量高，这样的衣服当做贴身衣物的话，铅能通过皮肤被吸收，从而造成铅中毒，会影响到宝宝的胃肠道和牙齿的发育或是引起腹痛。

TIP 3

宝宝衣服的大小以合体，不妨碍活动和不影响身体发育为主，女孩子不要过早穿连衣裙，容易挂住周围物体。小孩子可以捡其他小朋友的旧衣服穿没关系，但是要保持柔软和卫生，旧的衣服正常洗涤后，拿开水烫过，再晒晒太阳杀菌就好了，消毒液等刺激性大的东西要慎用。而过旧的衣服就不要给宝宝再穿了，因为过旧的布料会变硬，且会有小倒刺。

宝宝的袜子和手套。刚出生的宝宝一般穿连体衣就可以了，但是随着宝宝年龄增大，开始穿衣裤后，准妈妈一定要记得给宝宝准备袜子。手套则是宝宝一出生就需要的，一是防止着凉，二是避免宝宝抓到自己。

5.尿布还是尿不湿?

家里已经快要彻底变成《倩女幽魂》里的兰若寺了，各种布片儿飞扬，乱得估计关上灯小倩就得爬出来。现在回家后，也过不上倒在沙发上喝啤酒的生活了，迎接我的总是铺天盖地的尿布和小静同志疲惫而严肃的目光，那种眼神分明是在控诉我一去工作，白天就不着家，把换尿布、喂奶、哄小猫睡觉、给小猫洗澡等一系列沉重的工作丢给她。天地明鉴，我真不是这样奸诈的人。只是每次打开家门的一刹那，都有种要打起精神准备战斗的心情。

其实，我并没有很坚定地一定要靠尿布生存，我也希望我的面前摆着好几箱尿不湿，这样我就可以喝几口啤酒，然后轻松地给旁边开始哭闹的小猫女士换上尿不湿，安抚好她后，继续搂着小静其乐融融地看电影。

劳动人民的经验不可忘记，日益飞涨的物价不可忽视，我妈和岳母大人坚持告诉我尿布是最可靠并且健康的，并且抓住我的弱点，强调各种破旧棉织物具有巨大的再利用潜力，可以节省下一笔可观的费用。面对省钱这个充满诱惑的关键字，我实在无法拒绝这样一个选择。

好容易等到我的第一个周末，但是小静还在月子里，需要静养，岳母也忙活了好几天了。所以，我必须承担起换洗尿布这项重大职责。事实证明，洗尿布实在是过于浩大的工程，按照各路经验人士的嘱咐，尿布务必要洗干净，洗完了以后要消毒，消毒过后晾干的过程中再消毒，这么折腾下来，没有一天时间，是自己无法停止运转的。

我家的小猫同志对于我的悲惨处境相当不理解。岳母教我给她把尿，我一接手，她就冲我嬉皮笑脸的不正经，死活不从。这个时候，大熊我这个没有经验的把尿工就放松了警惕，认为暴风雨还没有要到来，而且既然岳母还没有把尿布摘下来，我可以趁这个功夫抱着俺闺女好好亲密一下子。谁知道刚把小猫放在腿上坐了没两分钟，就有一股热流浸湿了我的睡裤，低头一看，怀里的这个姑娘还眨着她一闪一闪的大眼睛甜甜地冲我笑呢。

不过，这并不是最消磨我斗志的时刻，从小就养成良好卫生习惯的我必须面对的一个关卡是，要把小猫姑娘的屎小心翼翼地用尿布包好再取出来。

这是一个需要反复操作才能掌握的技术活，就算手上蹭到那么一两次，作为老爸我也心甘情愿。又何况岳母在饭桌上再三地安慰我："大熊，你可别嫌弃，小孩子只吃奶，排泄物很干净的。"

"嗯！"我默默点头，同时回味着我妈曾经说过的"我把你一把屎一把尿拉扯大"这句话是多么的具有预言性和总结性。

第一次，我的第一次，与排泄物的亲密接触，但是选择了尿布我还是不会后悔，因为干燥的小屁屁才能让我的小猫睡得更香，笑的更甜啊。

[大熊血泪箴言之尿布篇]

TIP 1

如何选择尿布：

质 地	纯 棉	家里有闲置的旧棉布床单、衣服什么的是再好不过了，但是拒绝过旧的。新棉布也可以。
颜 色	浅 色	深色会刺激宝宝皮肤，引起过敏。浅色的尿布方便看清宝宝大小便的颜色和性状
形 状	方 形	折成长方形或者三角形使用

私家经验奉送：把新买来的棉布用醋浸泡5至10分钟后清水漂洗，这样既可以使布料软化，又能起到杀菌的作用，一举两得的哦！

TIP 2

怎么裹尿布堵截要出逃的排泄物：

● 尿布的放置是个技术活，且男女有别，小男生和小女生的排尿方向不同，所以男生、应该在上方多加一层尿布，而女生则应在下面多加一层尿布。

● 不要把尿布兜到腹部，因为尿布的温度一般都低于体温，长期拿低温的尿布放在宝宝的腹部，容易着凉。如果宝宝是小男生，尤其要注意不要让尿布覆盖到他的脐部，否则会使尿液弄湿脐带，造成感染。

TIP ③

换尿布的时间有讲究。尿布应当勤洗勤换，一般要在给宝宝喂奶前或等宝宝醒后进行。因为换尿布的动作幅度较大，在喂奶后换可能造成溢乳，在睡觉时换又会影响宝宝睡眠质量，扰乱宝宝规律的睡眠周期。

TIP ④

洗尿布需要认真，细心，耐心。沾了尿液的尿布，用温水浸泡后清水漂洗就可以了。沾了大便的尿布，则需要用中性肥皂揉搓后再用清水漂洗，漂洗务必要彻底，否则会给宝宝小屁屁上的皮肤造成刺激。所有的尿布洗完后都建议用开水烫一下，再放在阳光下晾晒消毒杀菌，如果没有阳光可以用熨斗熨干，这样不会回潮。

TIP ⑤

大熊要送给怕麻烦的奶爸奶妈们的建议是，尿布好过尿不湿，因为只要勤换，尿布就能使宝宝屁股周围的皮肤保持干燥，并且方便父母及时观察宝宝皮肤是否有出现异常。在换尿布的时候，父母双手会经常接触宝宝的身体，可以给宝宝带来安全感，同时对宝宝感知觉的发展也会起到良好的促进作用呢。

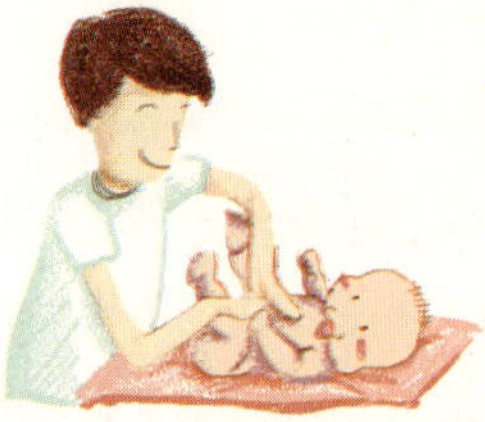

6.沐浴用品比你的还要多（育网，水温计，沐浴露，洗发液）

风和日丽，万里无云，今天直播小猫姑娘洗澡三部曲！

首先声明，黄大熊为黄小猫姑娘选用的沐浴用品及相关的周边产品，均是包装标签内容都齐全的商品。准备工作是决定一件事情是否能够顺利实施的主要环节。我在小静的口头授意下准备了这些：

一、浴盆。现在小猫用的是定型浴盆，因为0—6个月的宝宝肢体控制力较差，使用定型浴盆可以防止溺水。再加上大熊爸爸的爱心洗浴垫布，不但能使接触面更柔软，还能防滑，让小猫姑娘的头部和胸部充分露出水面。在此提醒一下有条件的父母，送给宝宝一个游泳池吧，刚刚离开母体的宝宝一定会很享受在水里的安全感，同时还能让宝宝锻炼身体，可谓一举两得。

友情提示1：6个月以上的宝宝已经可以使用普通浴盆了，这时候如果不放心的话给宝宝准备一个洗澡椅吧，一般洗澡椅底座是吸盘，可以吸附在浴缸或者浴盆里，座椅防滑，有了它，一个人也能搞定洗澡这件大事。

二、浴缸挂盒。神经大条容易丢三落四的爸妈快向我看齐吧，准备个大号的浴缸挂盒，用它放置洗浴用品和玩具，在需要的时候随手就拿，给宝宝洗澡也能很惬意哦。

三、洗澡水温度计。所有的宝宝对于温度都非常敏感，过冷或者过热可能导致宝宝不舒服。因此洗澡水的温度需要精确计算，一般应当略高于宝宝的体温。

当然，不要忘记温度计也可以凹造型哦，选择一款造型别致的水温计，不但让洗澡变得有趣，还能转移宝宝的注意力，让爸爸妈妈更轻松。特别提示，水温计除了应具备良好的防水性能外，外观还应当是圆滑的，没有尖锐物或是脱落物，才能保证安全。

四、吸鼻水器：没有经验的情况下，宝宝呛水了就靠它解救了。

五、洗澡玩具。洗澡的时候，宝宝很容易被吸引注意力，让水面上漂浮几只水鸭子，小青蛙吧，只要有一样东西吸引住他的眼球，事情就会变得容易很多。

六、沐浴露也要精心选择，粗心大意的父母注意啦，对沐浴露的PH值、泡沫量、是滋润型还是清爽型等性质一定要仔细，因为宝宝的皮肤是弱酸性的，所以沐浴露最好也选购弱酸性的，即PH值处于4.5~6.5之间，这样的环境有利于有益菌生长。另外，不要选择添加人工香精过多的，最简单的最健康。记得配方一定要无刺激，避免给宝宝带来额外的伤害，最好选择成分为天然油脂的。三个月以下的宝宝不要频繁使用沐浴露，刺激越少越好。

友情提示2：6个月内宝宝可以不用洗发水，直接用洗浴露来洗头，6个月以后就宝宝分泌物变多了，就要使用婴儿专用的洗发香波了，挑选的标准一样是无刺激，无添加香精和无泪配方。

忘记把玩具给她拿出来。小猫姑娘在浴缸里呆了不到五分钟，就开始在一通折腾，我活活给自己洗了个澡。幸亏机智的老婆大人看出了其中的关键点，及时把小猫最爱的一只黄鸭子塞给了她。

洗澡过程中，辅助物品也是必不可少的，浴帽可以给宝宝的鼻子，嘴巴，耳朵，眼睛筑起一道防水墙，洗澡更安心。而浴棉也是越软越好，最娇嫩的，最柔软的，最容易受伤的就是宝宝娇嫩的皮肤了，所以浴棉最好选择柔软的纱质，或者是婴儿专用海绵的。

小猫姑娘在我的安抚下，没有引发第二次惊心动魄的水战场面了。因为年纪还小，皮肤还很脆弱，给小猫这样一两个月的婴儿用清水清洁就已经可以。速战速决后，马上进行扫尾工作。

我给小猫准备好了老爸牌温暖浴巾，小静指导，我亲自操刀，缝了一个带帽子的披肩状长款浴巾，宝宝的头部温度是全身最低的，一定要注意保暖。缝浴巾的过程中我还扎了好几下手指头，绣了小猫的乳名。不得不说，整个做浴巾的过程整得我有些无力，但是看见成品我着实自豪了一把。

宝宝洗完澡后要用的贴身衣服、护肤乳液、尿布等，要提前放在方便拿到的地方，这样就不会在宝宝洗完后手忙脚乱，晾到宝宝，害他生病了。

在小猫可能感冒生病的风险面前，小静同志第一次听了我的指挥，给我递毛巾、痱子粉、衣服、尿布，我惊奇的发现老婆大人的身手也灵活非常，不过可惜平时懒得显露。

大熊的最后提示：

1、要多准备几块小毛巾，用不同的颜色区分用途，擦脸，擦脚和擦屁股，一个都不能少。

2、护肤乳液应当根据宝宝的皮肤状况使用，还要提前试用，避免大面积的过敏。夏天不宜大量使用乳液，避免造成毛孔堵塞。

3、给宝宝洗完澡后，用爽身粉涂在宝宝的臀部、大腿根和腋下，来预防痱子和湿疹，保护宝宝的皮肤健康。

7.自己家的玩具工厂

谁说会做手工的男人太娘！我，我大熊和他拼了！

如今新一代的男性，要上得厅堂，下得厨房，翻得围墙，赚得起房，买得好车，打得毛衣，缝得扣子，哄得老婆，不找小三！我自认为我黄大熊符合以上条件，不符合的条件，嘿嘿，我没罗列出来，量你也猜不到。

不是我自吹自夸，我这一个有主儿了的男人，再把自己夸的天上有地下无，也不会卖给下家来接收，俺出来混的，不零卖的，已经长期被客户包养。

我的客户小静曾对我有个中肯的评价，当然是在和岳母说悄悄话的时候被我听到的，这小静信奉男人要鞭策不能吹捧，以免滋长虚荣心骄傲心等不良习惯，她当时和我岳母大人说："大熊这人就是二了点，其他都不错。"当然，我自动忽略前半句，重点关注后半句，我的心花那个怒放啊。

那是，一个能DIY出宝宝玩具的老爹，上哪儿找去。

岳母来我家的时候，对着房间里的一个纸箱子研究了半天，末了发话道："大熊啊，你这纸皮箱子里装的是什么东西啊，废品的就卖了，你这屋也不大，多占地儿啊。"

我立刻搂紧我的宝贝箱子，"不能卖，里头都是我给小猫做的玩具。"岳母大人掌风一过，箱子盖嘭地打开，露出里头花里胡哨的挂历木头，岳母拎起一块积木看了一下，嫌弃说："看你做的什么方块！"

"这是积木，要一套用的，等小猫大了一点，就能堆城堡，是很好的益智游戏呢。"

"我说，你花时间做这事儿，还不如多陪陪小静呢，怀孕的女人是很需要陪的，当初你可是信誓旦旦在我老人家面前发誓，会好好对我家小静的。"岳母送了个白眼给我。

"哪能呢，我就是陪小静的时候，顺便做的，你看，这个看起来像一团拖把的东西，其实是小静和我一起做的……流苏球。"怀小猫的时候，她要避免接触高辐射的东西，电脑戒了，电视也不常看，只能无聊地翻着那一本本书看，我就陪着尊贵的女王大人，还随时提供打老公取乐的贴心服务，做做手工，在家中办起了给小猫的玩具工厂。

现在婴儿玩具市场发展蓬勃，各种玩具层出不穷，价格那也是天差地别，有的也不知道质量怎么样，用的油墨如何，安全性如何。其实宝贝第一年的时候，用的玩具并不是很多，虽然这时候宝宝已经能通过自己的眼睛观察这个世界，但多数益智类玩具，要等宝宝一岁之后才开始使用，不需要父母一下子买成一座山样。而宝宝在一岁的时候，需要的玩具，很多都可以自己DIY哟。

[大熊血泪箴言之玩具篇]

TIP ❶

不管是买还是自己做，宝贝第一年的时候，给宝宝选用的玩具，应当尽量选择色泽鲜艳的，材质安全无毒，轻便手感好的，这样比较方便培养宝宝的视觉能力，还有手眼等协调能力。

TIP ❷

6个月前，宝宝可以用的玩具有：

- 毛绒玩具，装饰宝宝的房间。毛绒玩具可以自己DIY，网上有图纸和教程，不过这就看你的动手能力了。
- 浴室玩具，可以浮在水面的小鸭子等，在宝宝洗澡和游泳的时候浮在水面上，记得选用无毒的材质，玩具应当尽量软一点，不要带有尖锐的角。

● 画报和挂历。这些自己DIY无压力吧，可以搜集有婴儿素材的挂历或者宣传画。

● 风铃或者小摇铃。叮叮咚咚的声音会吸引宝宝的注意力，可以用来和宝宝的游戏互动，注意不用的时候收起来，免得影响宝宝休息。

● 宝宝在不断成长中，那些变小淘汰的衣服不要丢弃，可以用来给宝宝日后做自己扣扣子穿衣服的练习，尤其是对小女生来说，玩衣服是很有吸引力的哟。

TIP 3

宝宝六个月之后，对周围的环境会表现出强烈的好奇心，会开始手抓玩具，还会有看漂亮的图片等意向。这时候，玩具的数量可以增加。

● 毛绒玩具。可以给宝宝抓握，注意毛绒玩具不要带有长带子，以防宝宝绕颈，也不要给宝宝玩会掉毛的玩具，会堵塞宝宝呼吸道。

● 图片。可以自己画一些色彩鲜艳的图片，用安全无毒的颜料和纸张，指给宝宝看，让宝宝抓握。

● 可以购置小电子琴等玩具了，让宝宝按压，锻炼宝宝的听力和手脚的协调性。

● 自己拿家中的床垫或者柔软的地毯，做一个爬行毯，给宝宝爬行练习。如果是在床上爬行，那么大人一定要看着。

● 用一个大纸箱，箱子上开一个洞做门，两边开洞做窗户，贴上好看的壁纸，里头垫上柔软的布垫，就是一个童话屋啦！

TIP 4

最最重要的一点，宝宝玩玩具的时候，一定要有人陪同，小心宝宝把纸张或者毛绒物品放到嘴巴中啃，或者发生别的意外伤到自己。

8.时代在进步，婴儿也有奢侈品

我一直庆幸，我娶到了一个善解人意的好老婆，虽然她是外貌协会的，虽然她经常对着百货橱窗流口水，虽然看到金光亮亮的美衣华服也走不动路，但知道我在外头刨银子的能力有限，所以真没给我出过什么大难题。

唯一一次给老婆买奢侈品，是在求婚的时候，攒了我几个月工资买了一对卡地亚的素戒，还是最便宜那种，其实价格和个钻戒差不多。当时老婆还在翘着脚丫上网，大熊我颤颤巍巍单膝跪地，举着护身符似的举着戒指。

老婆后来回想说，当时差点被戒指闪瞎了她的眼，没想到我这么一个木头木脑的还能想出这么浪漫的事儿，于是下定决心收拾收拾打包嫁给我了！这年头，女人总得有些奢侈品撑撑门面，大熊我虽然不是有钱人，总也不能委屈老婆。我心中暗暗得意，投之以桃报之以李，正琢磨着要不再狠心一把，给老婆买个驴牌（LV）的包包？奖励她好不容易生了小猫，是我们家的大功臣！说不定女王大人一开心，赏我个香吻也不是不可能。回到家时，老婆半躺在床上翻她的花花绿绿亮亮堂堂的时尚杂志，不知道是我哥（vogue）还是别的，封面上的模特以不怕闪了腰的姿势扭着，里头随便一件衣服就能花掉我一个月工资。小静轻飘飘浮过来个眼色，以皇太后的姿态召唤我，我赶紧腆着脸凑上去，“老婆大人，有何吩咐？”

小静把杂志贴到我鼻尖，兴奋地说："看，是不是很漂亮！"

我定睛努力去分辨那图片，是一个纯银的拨浪鼓，亮亮白白，造型十分别致可爱，如果抓在我家宝宝白白胖胖的小手上，叮叮咚咚摇一摇，简直是一道最靓丽的风景线。我嘿嘿咧开嘴笑说："这东西不错，有品位，给小猫整一个？"

小静扁了扁嘴，郁闷道："tiffany，好贵的。"

"什么，踢飞你？"我一时摸不着脑袋，傻乎乎地重复，小静扑哧一下笑出来，一把卷起杂志敲我的头，"没事啦，不要想了，我渴啦，去给我倒杯水。"

我起身去伺候，没有忽略小静眼中的不舍神情。后来趁她睡觉之时，我把她的宝贝杂志偷了出来，仔细一瞧，才发现原来是一个奢侈品品牌出品的拨浪鼓，价格后的零数的我眼睛都花了！

我狠狠地咒骂资本主义国家的商人又开始到我们社会主义国家搜刮民脂民膏，迷惑贤妻少妇，顺手上网一搜，顿时心肝儿颤颤。这年头，婴儿也有奢侈品了啊？

什么骨气（gucci），河马死（hemers），那些牛叉的牌子都纷纷开始抢占婴儿奢侈品市场，一个尿布袋上万块啊，更别说那些专门为婴儿设计的时装，毯子，床上用品，甚至于手推车和婴儿床，还有香水！给婴儿用香水，那小奶娃闻的出什么味道么？

我愤愤地对着电脑屏幕，看着上面琳琅满目的商品，心中默默垂泪，一颗玻璃心碎成了渣渣，看人家的婴儿床，多么的气派，多么的高档，一看就是上流社会的公主床，再回头看我们家小猫的床，顿时和灰姑娘一样寒酸。

我有些难过，不能给小猫和小静这个世界上最好的东西。

虽然，大熊我给不了她们这个世界最好的东西，但我会尽力，给她们我最好的！

我取了给小静攒的包包钱，本来打算是直接去专卖店买的，但是换了个方法，找了海外代购，这样一个经典款的包包可以便宜四位数的钱，就是时间需要等长一点，找代购比较花脑筋，不过没事，这种小问题怎么会难得倒我大熊捏?

包包搞定了，接下来就是拨浪鼓了。我再添上些我压箱底的私房钱，拿着图纸开车逛遍了大半个城市，终于找到一家可以定做拨浪鼓的银饰店。

我准备把拨浪鼓放在包包里，附上一个纸条："老婆，这拨浪鼓是山寨版的，先压给你和小猫，未来的某一天，老子拿真的来换！"

[大熊血泪箴言之要不要买奢侈品篇]

■买！

TIP 1

各大牌子都出了婴幼儿奢侈品，大人用好的，宝宝自然要用更好的，如果有经济实力，给孩子买一两件有纪念意义的奢侈品也是不错的选择，如果你十分有经济实力，那给宝宝全用上奢侈品，毕竟价格在那儿，质量绝对好。

■咬牙买！

TIP 2

如大熊我这样的工薪阶层想给老婆或者宝宝买奢侈品，也不是不可以的事情，关键是可以寻找海外代购这样的路径，会便宜很多很多。

TIP 3

如果钱不够多，又想给孩子购买奢侈品，最好购买能够长期使用的，比如首饰和有审美价值的玩具等，由于孩子长得快，衣物消耗量大，花上千上万买一套衣服回来穿两个月的事情，我们平民百姓还是不要干了吧。

■实在买不起怎么办？

TIP 4

实在买不起，可以像我一样，还有万能“山寨”！自己寻找原材料，拿着图纸自己DIY，或者找师傅DIY，到手后说不定会更有意义

第3章

吃什么？
最头疼了……

1.母乳，给宝贝最原始的食物（对母婴都好）

小猫出生之后，吃啥?

奶！谁的？当然不可能是我大熊的，自然是小静的。不过这人类毕竟不是孺子牛，吃的是草，挤出来的是奶。如果要母乳喂养，还是得好吃好喝给我家小静伺候的。

说起来也很是神奇，没想到人竟然也能和奶牛一样产奶，我很稀奇地对小静说这句话的时候，女王大人一巴掌拍过来，说道知道的人明白我是脑筋短路，不知道的人还以为我是喝凉水长大的。

说实在的，小猫出生之前，为了她吃不吃母乳，小静还真是头疼过一段时间，没事就拿着一朵小雏菊，一片一片地揪花瓣，“吃”，“不吃”，“吃”，“不吃”，“哎呀吃还是不吃啊……！”平日里的霸气样子全没了，楚楚可怜的林黛玉瞬间附体，扫起地上的花瓣都可以去葬花了。

身为老婆大人解语花的我，此时就应当挺身而出啦，贴着小静的身子温柔问她干吗烦心？小静烦恼地叹了口气，说：“不知道要不要母乳喂养，听同事说，喂孩子之后，会下垂！”

“下垂？”

什么东西下垂，我一愣，然后眼光不由自主地瞅向老婆的胸前，小静一巴掌拍了过来，怒道：“看什么看！”

我赔笑：“都老夫老妻了，大方点啦……”，本来想装出调戏良家妇女的流氓样子，但是一看对象是披着羊皮的红太狼，我咽了咽唾沫，暂时收起自己的表演欲，换上凛然的神色，指天发誓道：“小静，你的胸就是下垂到了肚脐眼，我黄大熊也不会嫌弃你的！”

小静眯了眯眼睛，脸上掠过危险的神色，我可以清楚地看见她磨了磨后槽牙，顿时我脑中的警铃大作，赶紧讨饶道："老婆大人，我错了，我绝对不是在诅咒你，而且我怎么舍得诅咒你啊？"

趁着老婆的佛山无影脚还没有踹出来，我赶紧一条一条地罗列母乳喂养的好处：一是对宝宝好，人类还没从猴子进化来的时候，喝的就是母乳，咱们要顺应天理，尊重自然，走环保路线……呃，喝母乳好像和环保没有关系，说岔了，不管，反正就是好。二对妈妈也好，据科学研究，喂养母乳的女人比不哺乳的女人患上乳腺癌的几率低很多，我还想等到老头老太太牙齿掉光光的时候，拉着小静的手去看海呢。三是安全啊，好歹是自家生产的食品，总比市面上那些群魔乱舞乱七八糟不知道有什么问题的奶粉好多了吧?

四……四在我嘴巴边上转了几转，没好意思讲出来，喂母乳能省多少钱啊，这个是我长期居家妇男养成的职业习惯。当然，我不会为了省钱而牺牲老婆的身材和意愿，如果小静坚持还是喂养奶粉，不母乳哺育，我也会尊重她的意见!

Attention：强烈建议使用母乳喂养，母乳喂养十分方便，省略去了泡奶粉的环节，随时随地可以喂养宝宝，并且比奶粉新鲜，易于消化，任何奶粉的营养都比不上母乳。对母亲而言，宝宝的吮吸乳房能促进身体内催产素的分泌，促使子宫收缩加速排出恶露；每次排空乳房中的乳汁，都能打通乳腺，减少母亲患上乳腺癌的几率；母乳喂养，等于母亲吃一个人的饭养两个人，营养供应给宝宝，反而能消耗掉产后体内多余的热量，有助于生产之后减肥。对于宝宝来说，能从母乳中摄取到足够的养分，获得免疫因子，更有助于建立起母亲和宝宝之间的感情联系。

小静沉着脸看我一通乱吹，末了才阴阴地说：“母乳喂养很辛苦的，以后的家务你全包！”

“没问题！”现在家务我即使不全包，也包了十分之九了。

“给我买套贵的塑身衣！”小静继续指挥，我小鸡啄米一样点头，塑好了身材，不仅小静满意，我也会满意，哈哈哈，真是百利无一害。

最后，小静下定决心似地对我说：“喂，黄大熊，不管我身材变啥样，你都不许嫌弃！”

我笑了，赶紧奉上甜言蜜语：“当然，上辈子你长得和圆团子一样，我不也没嫌弃？”

小静愣了一下，突然笑了出声，我这是哄她上辈子我们也是一对呢。

[小静走上母乳喂养之路的亲身心得]

TIP 1

母乳喂养的时候，从孕前便要开始保养我们的乳房，洗澡的时候注意按摩，佩戴宽松的胸衣，避免压迫乳腺造成堵塞，如果有乳头内陷等问题，可以请教医生，尽量早点进行矫正。如果今后喂养的时候如果姿势和方法得当，问题其实不大。

TIP 2

尽早开奶！一般来说，产后30分钟之后，虽然这时候新妈妈还未开乳，乳房中可能没有足够的奶水，也要尽量给宝宝吮吸乳房，尽早培养起宝宝吮吸乳房的习惯。否则的话，宝宝日后可能会排斥妈妈的乳房。

TIP 3

初乳是个好东西！产后五天内，母亲分泌的乳汁称作为初乳，这是营养的精华所在，富含最高的人体免疫因子和生长因子，能够增强宝宝的免疫力，促进宝宝的发育。因此产后五天内应当随饿随喂，尽量多给宝宝补充。

TIP 4

喂养母乳之时，母亲应当科学地摄取营养，而不是怕宝宝饿着或者奶水不足，吃太多各种补品。母亲这时候摄取的营养应当比平日内稍多，一日多餐，尽量多喝一些催乳的食物，比如最为经典的鲫鱼汤，猪脚汤等。

TIP 5

每次哺育宝宝之后，如果宝宝没有将乳房吮吸空，应当用吸奶器将多余的奶水吸出，这不是浪费，排空了乳房才能促进奶汁更多地分泌，还能减轻新妈妈的涨奶痛苦，对乳房的健康也有保健作用，

2.疯狂的奶粉，怎么选?

虽然小静在家肩负起了“奶牛”的重担，但是家中还是应当备有奶粉，万一小静想出去逛个街啊，小猫想改善一下口味啊，也好有个选择。配方奶粉都是除去了牛乳中的婴儿不能吸收的部分，添加进婴儿所需的物质，也有它的好处，比如能弥补母乳中铁的含量不足的缺点。

选奶粉真是一件头疼的事情啊。三聚氰胺犹如一个闪着寒光的匕首悬挂在国产奶粉的头顶，国产奶粉声名狼藉。国内奶粉市场现在就和那波涛汹涌的海面似的，一波未平一波又起，今天三聚氰胺，后天含性早熟物质，国内的食品安全始终是人民心头一大忧患。我始终搞不明白，这是给孩子吃的东西，那些黑心的厂家怎么下的了手啊?

我大熊皮糙肉厚，接受过各种风雨洗礼，平日里吃些苏丹红，地沟油什么的也不见得会有啥毛病，咱们国人都被锻炼出了这能毒死蚊子的免疫力。但是刚出生的宝宝不一样，他们刚来到这个世界，身与心都处于绝对的纯洁脆弱中，一个不慎可能就会有危险。

不过愤怒归愤怒，总不能自己养几头奶牛挤奶，然后生产奶粉吧，现在又不是当初自给自足的古代社会，我就是有这份心，也没这个技术啊。

奶粉，太疯狂了，买奶粉，太头痛了!

我逛了逛超市，看着货架上那包装精美的国产奶粉，心理阴影作祟，总觉得看着像鲜艳的罂粟花，蕴含着说不清道不明的危险。再看看那进口的奶粉，那价签上头的价格，看得我心惊肉跳的，喝奶粉，还不如喝血来的实惠呢!

既然婴儿奢侈品能找代购，奶粉为啥不能找代购呢，我打开了我那跑起来会呜呜响的小本本上网搜寻信息，发现现在有个新名词，叫“拖粉族”，指代专门从国外带奶粉回国的人，看着这三个字我不由心酸，脑中浮现出了呼哧呼哧拖着一大箱子奶粉的年轻男男女女，可怜天下父母心，买个奶粉还要专门出国。

再一看，原来“拖粉族”也遭受到了封杀，关税提升大幅度增加了“拖粉”的成本，有的“拖粉族”原先会拖二十罐奶粉回来，现在一趟只能拖三罐，真是绝人之路啊。

困难如此之多，奶粉还是要买，选几个牌子，代购或者超市购一起上吧，到时候看看小猫喜欢喝哪一个，结果一查奶粉牌子，也是各种百花齐放百家争鸣，有的人说这个好，有的人说那个好，还有各种配方，看的我一头雾水，简直要患上了选择强迫症。

最后我一摔小本本：“不喝奶粉了，喝小静的，小静没有就买新鲜牛奶给小猫喝！”

我原本以为我打的是如意好算盘，结果却被小静一巴掌摔碎了美梦：“发什么疯！新鲜牛奶哪里是小孩子能喝的？”

新鲜牛奶不能喝么?

后来我才知道，牛奶毕竟是给小牛喝的，和人喝的还是有区别，由于牛奶中的脂肪球大，不利于宝宝吸收，钙和磷的含量也和母乳有偏差，牛奶中还含有一些细菌，宝宝喝了很可能会拉肚子，所以即使小孩子不母乳喂养，也应该采用专门的婴幼儿配方奶粉。

我顿时绝了让小猫喝牛奶的想法，继续投身选择到奶粉的大军当中，几番摸爬滚打，看重的牌子每样买一个，给小猫试喝。上火的，pass！不喜欢的，pass！被pass的奶粉怎么办？扔了？

没有，女王大人发话说，不要浪费，给我慢慢喝……

选奶粉，真比选老婆还难啊！

[大熊血泪箴言之买奶粉篇]

TIP 1

看产地。国产奶粉还是国外奶粉，请自行选择比较：国外奶粉一般较贵，购买不易，但从消费者心理来讲，比较安全可靠；国产奶粉此前风波不断，应当挑选口碑良好的牌子购买。

Attention：无论是国产还是国外的奶粉，适合宝宝的才是最重要的，可以从观察宝宝进食的欲望，肠胃的状况，以及大小便的情况来辨别，如何观察宝宝的身体状况，详见后章。

TIP 2

看包装。购买之前一定要看清包装上的生产日期和产品安全标识等，按照国家规定，奶粉罐上应当标有成分表、生产日期、地址、厂家、保质期、执行标准、产地、商标、配料等信息，如果信息有缺失不齐全，应当谨慎购买。

TIP 3

挑配方。配方奶的成分比例略有不同，并且多根据月龄分为不同的阶段配方，应当根据宝宝的月龄选择相匹配的配方奶粉。有的宝宝对动物蛋白过敏，这时候应当选用全植物蛋白的奶粉。

TIP 4

奶粉挑选细则：

	质　地	手　感	味　道	颜　色	冲调性
优质奶粉	松散的粉末状，不粘连罐底	光滑柔软	淡淡乳香气息	白色，略带一些淡黄	良好，奶粉和水充分溶解，无结块
劣质奶粉	容易结块，粘连罐底	滞涩感	乳香气息浓厚，或者太淡	纯白色	一般，溶解不易

TIP 5

奶粉开罐之后应注意储藏在阴凉，干燥，密封的地方，放冰箱中反而容易受潮。在奶粉中放一块糖，有吸潮气的效果哟。奶粉开罐之后当在一个月内食用完毕，没吃完也不宜再食用。如果有结块，或者有霉味等其他异味，就说明是受潮或者变质了，不能食用。

3.喂孩子，是个技术活（哺乳时的方法，姿势）

小猫软软的身子躺在小静的怀中，小小的嘴巴含着乳头，嘴唇一动一动地吸吮奶水，眼睛半眯着，露出点眼白瞟着我，一副十足的大爷范儿，那姿态好像在说，别和老子抢，现在妈妈归我了！我的宝贝刚出生就有如此嚣张的气场，看我家小猫这睥睨天下的风度，简直有种是哪路人穿越过来的错觉。

小静鄙视我想太多，还未足月的小婴儿，懂个啥，一切都是没有意识的反应，哪有那些乱七八糟的意味。我摇了摇头，摆着手指头说："非也非也，一个人的气质可是从婴儿时代就定下了，所谓三岁看老，这老祖宗俗话可不是乱说的。"

小静满头黑线，"你女儿还没三个月！"

好吧，虽然小猫才刚出生，一切的动作反应都基于本能，不过小猫真的很霸道，在吃奶的时候吃饱了睡觉了，也要含着妈妈的乳头不放开，好像有醒来一觉继续吃的打算一样，只要小静一把它放开，就会惊醒，扁着小嘴开始嚎，小脸皱巴巴扭成紫菜样，简直比最凄惨的受害人还有控诉力。

小静的小建议：

如何检查宝宝有没有在喝奶呢？宝宝喝奶时嘴巴是嘟嘟的，就像是鱼嘴儿一样，宝宝吮吸的时候含住的是乳晕，而不是乳头，要感觉到乳晕周围被宝宝的口唇环绕，能感觉到牙龈的张合。舌头和口腔配合挤压乳房挤出奶水。

小静刚开始还好，到后面一直抱着小猫，胳膊就有点受不住了，而且一直坐着，腰部也非常酸疼，尤其是累的时候，使用这种搂抱式的喂养法就比较辛苦。虽然小静有着女强人的体质，但是好歹是刚生产完的新妈妈，一切体力都需要恢复，比平时容易感到疲劳也是免不了的。

小静的小建议：

宝宝吃饱之后，会自动停止吮吸的动作，口中的力道减小了，渐渐放开乳头。有的霸道的宝宝也会含着乳头不松嘴，或者在哺乳进行到一半不得不中断的时候，千万不能硬将乳头扯出宝宝的口腔，防止乳头受伤。正确的做法是用你的一根手指，轻轻地插入宝宝的口角，让空气进入宝宝的口腔，然后小心地探一点点在宝宝的牙龈之间，代替乳头给宝宝吮吸，趁机抽回乳头。

由于抱着小猫喂奶辛苦，所以小静就将小猫放在床上，使用侧躺的喂法，不用抱着宝宝，还能躺在床上，节省了不少体力。我和小静好不容易摆好了小猫的姿势，小

静也解开了衣襟准备给小猫哺乳，岳母正好推门进来，看到小静躺在床上喂孩子，两道眉毛一斜飞：“哎哟，这样不行，得抱起来喂。”

我和小静面面相觑，为什么？侧躺不也是喂宝宝一种很流行的姿势么？岳母一个箭步过来，抱起沉浸在美味当中的小猫，害得宝宝砸吧了一下嘴，一脸茫然的可爱神色。岳母开始数落小静和我：“小猫还太小，这样喂容易吐奶的。”

“哈？”我和小静都不太理解，岳母将小猫搂在怀里，轻轻地拍了拍她的胸口和小肚子，示意小静坐起身子来， 再把小猫送回小静怀中，让小静继续采用搂抱式的喂法，同时拿过来一个垫子，垫在小猫身下，这样就分散了小猫的重量，小静抱起来会比较轻松。

“小猫还没满三个月，肠胃发育还没完全，躺着喂很容易发生溢奶的。”岳母解释到，“累的话垫个垫子，等到她四个月了，就可以侧喂。”

原来太小的宝宝，尤其是不足三月龄的宝宝，肠胃的状况用俗语来说，还都是“直”的，躺着喂的话容易咽下更多的空气，容易打嗝，使婴儿感觉不适。如果吐奶的话更麻烦，需要清理另说，看着宝宝边吐边哭，一定会把你的心都疼得揪在一块儿的。

小静的小建议：

喂完宝宝之后，可以轻轻拍宝宝的背部和胸口，帮助宝宝排除腹中多余的气体。

[小静血泪箴言之喂孩子篇]

TIP 1

喂奶前要做好足够的准备工作，虽然不用像迎接领导吃饭一样迎接宝宝喝奶，但是还是需要一定的步骤的，这样母婴才都能感觉到舒适。

● 首先，清洁妈妈的乳房。可以用温热的湿毛巾轻轻擦拭，再用手缓缓揉搓两边乳房，促进血液循环和奶腺通畅。可以挤出一点乳汁先抹在乳房上，不仅能杀菌，还能引起宝宝的食欲。

● 找一个舒服的椅子，或者松软的床铺。刚分娩的妈妈还不能完全的坐起来，可以半躺在床上；已经可以自由活动的妈妈则可以坐在椅子上或者床上，准备好几个垫子用来做分散力量的道具。

TIP 2

喂奶有几个经典的姿势，每一个姿势都对动作的要求不一样。

● **搂抱式**，也称为摇篮式，这是最简单易学的姿势，也是采用最多的姿势。妈妈可以坐在椅子上，或者半躺在床上，背后靠一个松软的靠垫，手肘下和怀中都垫一个可以作为支撑的垫子或者枕头，可以垫高腿部曲起膝盖，这样会感觉更轻松，有助于妈妈放松全身的肌肉，保持心情的愉悦。把宝宝搂进怀中，将宝宝的小脑袋放在你的手肘处，手臂环绕着宝宝，托好宝宝的小屁股，让宝宝整个身子都依靠在妈妈的怀里，高度和妈妈的乳房平齐。

● **交叉摇篮法**，这个姿势其实和搂抱式差不多，只是哪一只手臂托着宝宝是反过来的。如果宝宝是头在右躺在你怀中，你用左手托着宝宝的屁股，反之亦然。

手臂支撑着宝宝的背部，手掌托着宝宝的脑袋，这样的姿势比较适合早产儿，方便妈妈控制宝宝小脑袋。

- **侧卧式**，这是对妈妈来说比较轻松的抱法。侧躺在床上，让宝宝躺在臂弯里，脸朝着你的胸口，这样正好和你下边的乳房高度差不多，调整你侧躺时身体的斜度，而不是宝宝头部转向的幅度，让宝宝含进乳头。这个喂养方法对于三个月以上的宝宝很适用，但是对于三个月以下的宝宝要慎重，有的宝宝因此会增加吐奶的几率，要看看自己的宝宝能不能适应。

TIP 3

喂奶时，用手指或者乳头轻轻逗弄宝宝的嘴唇，宝宝基于本能会张开嘴巴，将宝宝往乳房送一点，而不是拿乳头去凑近宝宝，这样更方便宝宝含住乳头。一开始要托握着乳房，确认宝宝有没有开始吮吸奶水，然后要确保宝宝的身子都依靠在你的怀中后，可以渐渐松开手。

TIP 4

有些妈妈因为涨奶，乳房的体积会变得很可观，能大上两个罩杯，显得十分丰满。涨奶有着奶水充足的好处的同时，涨大的乳房组织偶尔也会堵住贴近吮吸的宝宝的鼻孔，这时候应当用手按压住乳房的上部，给宝宝留出呼吸的空间。

TIP 5

如果完全母乳喂养的话，就不要过早地给宝宝使用奶瓶和安慰奶嘴。宝宝对奶嘴的吮吸方式和妈妈的乳头是不一样的，宝宝如果习惯了奶嘴的吮吸方式，会将吮吸奶嘴时的坏习惯带到母亲这边，宝宝喝奶时嘴巴大力挤压、咀嚼、重吸这些动作奶嘴不会觉得痛，妈妈可是会有痛感的。

TIP 6

喂孩子是个技术活，用母乳喂养更是一个技术活，如果姿势和动作不当，都会引起哺乳时的辛苦。特别是新扎妈妈的乳房会出现疼痛，这时候可以请教有经验的前辈或者医生，看看自己的喂奶姿势是不是正确。

4.冲奶粉，比泡咖啡难

“亲爱的，你到底给不给喂奶啊，小猫都快饿抽抽了。”

两个月前我每天唠叨的话现在变成了小静的台词。不要误会，大熊我并没有升级成有产奶功能的奶爸，而是向冲奶粉达人的方向在努力着。

现代社会竞争激烈，女性在家庭的经济地位也日趋升高，同时又有了更加独立自主的性格。在家做了好多天的奶妈后，小静毅然决然地要回到办公室去战斗了。小猫从此开始了吃奶粉加辅食的生活。

如果你以为冲奶粉是简单地把水和一种粉状物混合在一起，那就大错特错了，这是一门艺术，一种需要高度责任心的工作。所以，能胜任这种工作的非我黄大熊莫属了。各位读者不难想到吧，我的这份自信是来源于我的老婆大人小静的鼓励。

万事开头难，准备功课要好好做，千万不要忽略了奶粉冲调说明书的作用，在实践之前，一定要仔细阅读，储备好你的理论知识。一定要注意说明书里对奶粉的冲泡浓度的说明，因为浓度和宝宝对营养的吸收直接相关，长期食用浓度过低的奶粉可能造成宝宝营养不良，反之，浓度过高的话，则可能引起宝宝消化不良、身体失水和高氮质血症。

女人比男人聪明吗？看看我亲爱老婆的所作所为就知道啦：

“亲爱的，这个冲泡的操作说明好复杂的，什么意思啊？”

“亲爱的，这个温度好吗？再热点儿？算了，再凉点儿吧？完了，水太多了，亲爱的……”

冲奶粉的水温控制到40−60度之间最合适，热水冲奶粉会破坏掉奶粉中的益生菌等营养成分，并且容易结块。所以你可以把凉开水和热水混合到适宜的温度，或是把热水直接冷却。冬天的时候，热水稍多，夏天就可以冷热对半。经典试水温方法是把水点在手腕内侧，温度差不多即可，如果对自己的皮肤敏感度没有信心，多准备个婴儿奶粉温度计就可以了。

“亲爱的……”

我发誓，这位口口声声叫着“亲爱的”的老婆大人真的一点都不傻，只是自从生完小猫之后，她似乎从我对小猫的宠爱中悟出了一些对付我的招数。现在我的生活中已经很少有大吼大叫的声音了，取而代之的是无限的鼓励和装傻，让我建立了自信心、满足了自尊心的同时，承揽了大大小小里里外外的家务事。大到理财问题，小到冲奶粉，我都要尽量展示出自己的才华来让小静感到汗颜。

“这个啊，就是说可以给小猫补钙补铁！”

“你倒水要看刻度，像这个样子！”

“快松手，烫到自己了都！”

当我坚强勇敢地承担起了这一切后，看到老婆大人温柔的笑中俨然出现了一丝狡黠。女人总是通过表现自己的笨，来让笨男人上当，拼了命地展示自己有多聪明。但是，我可是心甘情愿的！宇宙超级无敌聪明奶爸现在开课了，想要学习冲奶粉绝技的同学们都看过来吧！

课前提示：妈妈和宝宝不要因为不喂奶而减少了接触。在我家，爸爸负责冲奶粉，妈妈负责喂奶粉。这样的话，可以保证母亲和宝宝的互动量和接触量，从而使宝宝的心理健康地发育。

[大熊血泪箴言之冲奶粉篇]

TIP 1

次数和分量。宝宝吃奶粉的进食规律和母乳喂养基本是一样的，新生儿每天7-8次，两个月后每天喂奶的次数可以减少一两次。而每次的食量需要根据宝宝的需求而定，这里给大家提供一些科学的数据作为参考：

- 两个月内的新生宝宝，进奶量应约为她体重的五分之一。
- 二至四个月的宝宝，进奶量应约为她体重的七分之一。
- 七到十二个月的宝宝，进食量应约为她体重的八分之一。

TIP 2

冲奶粉的动作要领：

● 正确的冲奶步骤是先放水，再添奶粉。

● 一定要保证奶粉充分溶化，没有结块，否则会使宝宝消化不良。为了让奶粉融化得均匀，可以添入奶粉后左右摇晃奶瓶，动作要轻，避免起沫，宝宝食用过多气泡的话会胀气。不同奶粉的溶度和起沫的程度都不一样，经验不能复制，父母们要做好摸着石头过河的心理准备哦。

TIP 3

冲奶粉也有陷阱，这些误区都要避免：

● 不要误以为矿泉水或者纯净水冲奶粉更好。

矿泉水里面含了过多的磷酸盐和磷酸钙会使宝宝消化不良和便秘的。而纯净水则没有矿物元素，长期引用可能引起宝宝缺钙。普通的自来水煮沸后就完全符合饮用标准了，新扎父母就别犹豫，大胆的用吧！

● 换奶粉换出了问题，宝宝的身体不喜欢！这时不要着急，宝宝适应新奶粉是需要过程的，不论是不同的牌子还是不同的配方，宝宝的身体都要慢慢适应新鲜事物。

正确的换奶粉过程应该是在旧的奶粉中逐步添加新的奶粉，新奶粉的量可以从三分之一，到二分之一，再到三分之二逐步增加，每个阶段给宝宝两三天的适应期。这么做也可以避免宝宝出现闹肚子的情形。

● 冲奶粉不能图省事。

有的新扎爸妈为了图省事，一次冲泡好几次的量，但是这却是标准的错误示范，因为奶粉冷了就不能再加热，再加热会使营养成分流失掉。而常温下放置超过两个小时的奶粉也要丢弃。为了宝宝的健康，做个勤快的爸妈吧。

Q:为什么要添加辅食呢？

其实给宝宝添加辅食，并不是单纯为了让宝宝补充营养，宝宝的主要营养来源其实是母乳，添加辅食还是为了培养宝宝适应另一种进食方式，这样等到宝宝胃口大了，可以吃别的食物。

5.翠花，什么时候上辅食？

我家小猫在我和小静二人的通力合作共同抚养，和在高级空降指挥官岳母大人的指导之下，犹如春天的小苗儿一样茁壮成长。就像一只小笋拔节成长为参天的劲竹，我仿佛能感知到她的小身体正在努力地吸取营养，制造骨骼、肌肉，她聪慧的小脑袋正在慢慢接受着这个世界的讯息，然后她会成长为一个爱因斯坦一样的人物，成为世界的骄傲……

小静一巴掌拍扁我的头，提溜起我的耳朵，把我从意淫中唤回现实的世界："大早上的你蹲在小猫摇篮边上，一脸花痴的干什么？也不怕孩子等下醒过来被你吓到！"

“怎么可能，看，小猫对我笑呢？”我得意地抖了抖眉毛，深情款款地看着从睡梦中刚醒过来的小猫，她软软的眼皮刚刚睁开，瞄了我一眼，我立刻对她挤眉弄眼嘴巴发出乖乖的哄声，还扯出好久不用的鸟语古德摸宁（good morning），小猫睡得十分愉快，于是她咧了咧嘴，赏了我一个笑。

替小猫加了两件衣服，拧了一把温热的湿毛巾，轻轻的给小猫擦了一把脸，小宝贝美好的一天开始啦。我抱着小猫等着小静宽衣解带——给小猫喂早餐。谁知今天小静没有接过我怀中的宝宝，却是转身到了厨房，捧出一个卡通小碗。

小碗中泡着米糊样子的东西，我疑惑地看了一眼小静，小静叉着腰高兴宣布道：“今天是小猫开始吃辅食的日子了！是值得纪念的神圣第一次！”

看着那小碗中的米粉糊，我担心地说：“真的确定要今天开始吃？会不会太早？查了黄历今天适合进辅食了么？”小静狠狠地瞪了我一眼，“可以啦，进点辅食，能够补充营养，小猫就能长得更快更高。”

“你做的，确定宝宝能吃？”我怀疑地盯着小静手中的米糊。小静的厨艺是远近闻名的烂，有次她要下厨给我来一次惊喜，结果差点没吧厨房给炸掉，真不知道她做出来的米糊是不是人能吃的。

小静白了我一眼，“这个用热水冲的婴儿米糊，和冲奶粉一样，我虽然做饭不行，但是冲东西这种简单的生活技能还是会的。”

小静用宝宝专用汤匙挖了一点点米粉糊，凑到小猫嘴边，趁小猫张嘴轻轻的喂了进去，小猫第一次吃辅食，小嘴唇蠕动着抿着米糊，没吞进去多少，反而漏了一些在嘴角，看起来十分可爱。只是小猫才吃了两口，便抗议着摇头再不愿意了。

小静也不勉强她继续吃，伸手把她抱紧怀中，继续用母乳喂养，我忍不住哈哈大笑：“直接喂奶水不就好啦，看你还做的这么辛苦，弄什么米糊做辅食，你厨艺果然不好，看吧，小猫吃两口就嫌弃。”

小静瞪了我一眼，我立刻噤声。

小静的做法很对，在宝宝大一点的时候，就可以试着喂宝宝吃一些辅食。如果宝宝不愿意吃辅食，那不要强制性地喂食，一周岁内的宝宝不需要吃太多的辅食。如果宝宝不喜欢，那就回归自然本质，以母乳喂养。

在宝宝四到六个月大的时候，可以给她添加一些辅食，刚开始可能只吃一两口，后来会越吃越多。小猫第一次吃辅食，才吃了两口就嫌弃，后来吃习惯了，反而越吃越爱吃，尤其爱吃蛋黄和土豆泥。

说到小猫吃土豆泥，是她八个月的时候的事情，还出了一件乌龙，那一段时间小猫每天都要下午吃土豆泥当点心，感情这小娃的习惯和她老爹大熊我一样，喜欢一样东西就会拼命吃，一直吃，直到吃到腻。

并且要注意，喂养宝宝辅食的时候，尽量不要添加盐和味精，不是说做出来的辅食觉得好吃，宝宝也觉得好吃的就可以给宝宝吃，太多的盐和味精对宝宝的肾脏是很严重的负荷，所以一切辅食应当以清淡为好呢。

那天我下班晚没空给她做土豆泥，就直接去肯德基打包了一份，想着说肯德基家的土豆泥是明星产品，小猫应该爱吃吧。

结果第一口喂进去，我家小猫就皱了皱眉头，嫌弃地全吐了出来，怎么喂也不再肯吃，我也不再勉强她吃，当时我还以为是由于味道变了，小猫不爱。后来才知道，肯德基家的土豆泥中有盐和胡椒，比较有刺激性，小猫被辣到了所以不喜欢。

看来我们家的小猫饮食习惯很健康啊，自动排斥了大熊我喂她肯德基的行为……

[大熊血泪箴言之上辅食篇]

TIP 1

什么时候上辅食？

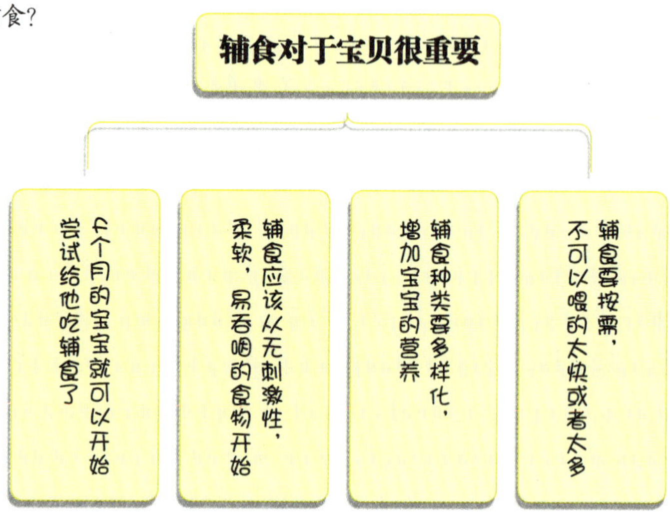

● 一般按照传统的观点，4个月之后的宝宝就可以哺育辅食了，现在也有医生建议6个月之后再吃辅食。前六个月宝宝可以从奶水中汲取到足够多的养分，不需要补充别的东西，而且先前的宝宝肠胃比较脆弱，吃辅食容易出现消化不良的情况。

● 但是六个月绝对不是一定可以添加辅食的期限，有些早产的宝宝或者容易过敏的宝宝，可以依靠母乳喂养或者配方奶粉，一直喂养到九个月甚至一周岁。

TIP 2

如何安全地添加辅食？

安全地添加辅食，应当是有步骤地从无刺激性，柔软，易吞咽的食物开始。

● 食物要成糊泥状，不粘，容易吞咽，温度要适宜，不要加任何的调味品，包括盐，糖，油，味精等。

● 宝宝第一次开食辅食，以米粉糊最为安全，不过敏，喂几次之后可以逐渐添加种类，推荐土豆泥，南瓜泥，蛋黄，胡萝卜泥等。

TIP 3

如何喂养辅食？

喂辅食时可以用婴儿小勺喂食，轻轻地在勺子尖挖一点食物，送进宝宝的嘴巴，然后撤出，注意不要压迫宝宝的舌头，或者伸的太过深入。刚开始喂辅食的时候，每顿以一到两勺为宜，宝宝如果吃的比较好，可以适当增加。一天一顿辅食便够了，不要吃的太多免得喝不进奶水，毕竟宝宝的营养多数从奶水中得来。

TIP 4

如何解决宝宝排斥辅食的问题：

如果新扎爸妈还是希望宝宝能吃辅食的话，有几招可以化解宝宝拒斥辅食：

● 改变食物种类，多尝试，直到找到宝宝喜欢吃的。

● 改变食物的烹饪方式，但是注意口味避免太重，太刺激，颜色要鲜艳，食物的温度不要太热或者太冷。

● 按需喂食，不要一次喂得太快或者太多。

● 保持宝宝用餐时的良好情绪。

6.判断宝宝对食物的需求

作为新一代的80后父母，我和小静非常一致地决定，要科学严谨的把小猫给抚养大。宝宝的科学成长，当然要从吃饭抓起！我根据调研出来的各种数据，制定出了一个完整科学的小猫进食时间表，对这个表格我可是相当自豪。

为了执行小猫的时间表，我专门订了闹钟，不管我在房间的哪个角落，只要它一响，我就会迅速完成冲奶粉的一系列动作，然后冲到小猫身边，开始引诱她吃奶。可事实证明，养孩子不是科学实验，没有办法定时定量，也不可以有下次重来的机会，小猫姑娘开始向我反抗了。

她有时会默默把头转到看不到我的方向，然后我就会锲而不舍的移动到她能看到的方向。反复几次，我就会看到她眼中的那种小小的厌恶，我简直不敢相信在一个婴儿的眼里可以出现这么复杂的情绪。等我把奶嘴伸到她面前时，我就能感觉到一种愤怒了，她小小身体里一定遗传了小静的爆发力，异常响亮的哭声奏鸣曲就这么开始了。

而我的心里，已经有些想要投降的意思了。

这样下去是不行的，趁小猫熟睡的时候，我和小静开始寻找她拒绝进食的原因，分析了心理层面和身体层面，同时对奶瓶等客观器具进行了一系列检查，最后觉得是因为小猫每天在家过于孤独，运动量不够，所以经常不容易饿。

那么，开始对症下药咯，小静的闺蜜栗子家刚好也添了个姑娘，明天是周末了，我准备举家过去做客，让小猫这么运动下，再交点儿“新朋友”，说不定就能治好我家小猫的厌食症呢。

小猫心情日记选段：

当我想吃饭的时候，通常会更加警觉，也更主动地寻找食物。当爸爸妈妈靠近我看到我的嘴巴在吮吸或是转头找什么东西的话，不用多说，人家是有点饿啦。这个时候我最想一头栽进妈妈的乳房，大吃大喝一番。不要等到我哭出声来，那时候我已经快要饿得没有力气了，会不开心的。

这一去，完全有了对比，坐了一上午，小猫完全发挥了淑女风范，一直冲着大家特别恬静地笑，而栗子的姑娘却一直哭着闹着要吃的，最后她还解决了一个蛋黄和水果若干块儿，把我和小静羡慕得眼睛都快绿了。在这种情况下，我们必须刻不容缓地学习啊！

栗子问我们小猫为什么不吃饭，我就非常骄傲地讲述了一下我的喂食时间表，然后深深地谴责了小猫姑娘的挑食和任性。这下好了，栗子一听，眉头都快皱成一团了，投给小猫非常同情的目光后，愤愤地说人家小猫这是在争取独立自主权呢！

据独家消息介绍，栗子家的姑娘从来都是饿了就吃，饱了不想吃绝不强迫，跟我家小猫完全是走两个路线。我和小静按规律喂食的一大坏处，就是在小猫姑娘不饿的时候强迫她吃饭让她产生了反感和抗拒的情绪。

这个教训可是大大的啊，宝宝才是那个对于自己的饮食规律有绝对控制权的人，而不是像传说中那样不知饥饱。当他饿了或者饱了，会主动向你发出信号，这就需要父母们更加认真地观察宝宝，同时和宝宝多交流。如果实在觉得猜不透，那就学学柯南小朋友，通过观察和推理和宝宝来个心有灵犀吧！婴儿期的宝宝还没有语言表达能力，但宝宝的表情和情绪却传达了很多信息，另外他们的身体指标也是你了解宝宝是否饿了的重要因素。

大熊学习日记：

熟读兵法的你，需要多用点脑子在宝宝身上，宝宝的肚子里的城是不是空了，是可以试探出来的。把手指轻轻地放在宝宝的下唇，如果她本能地做吮吸状，那就是饿了的表现。

[大熊血泪箴言之解读宝宝饥饱表现篇]

TIP 1

母亲在哺乳的过程中不用严格地定时定量，每个宝宝的吮吸力不同，吃一次奶的时间也不同。妈妈最好给宝宝按需喂养，时间长了，母子之间会形成一个默契，宝宝也会有养成一个相对固定的饮食周期。用奶粉喂养的父母同志保证按量供奶就好了，一般1公斤的体重一天约需150cc的奶量，根据你宝宝的体重计算下要准备多少奶粉吧。

TIP 2

如果宝宝吃饱了：

- 用母乳喂养的宝宝，每天小便应该在6次以上，大便一天2–4次，为金黄色的软膏状。
- 健康的宝宝每周体重会增加125克以上，能够达到他的年龄段正常体重标准。
- 情绪稳定，能够安稳地睡2–4个小时。
- 如果宝宝吃饱了，他会拒绝进食。那么就随他去吧，如果饿了他会再向你发出信号。不要强迫宝宝吃奶，否则会造成反效果。

TIP 3

喂养宝贝，判断他是否需要食物，也有一些特殊情况。比如刚开始喂养辅食时，要是有些食物宝宝刚开始无法接受，就会表现得抗拒，但是这不代表宝宝的身体不饿。耐心地坚持每天给宝宝吃一些，时间长了就会养成宝宝吃它的习惯了。

小静心情日记选段：

以前宝宝吃奶的时候，一饿了就会找妈妈，然后自己就扑进我怀里找乳头了。后来用了辅食以后，宝宝变得比较独立了，需要通过她的情绪和动作来判断她饿不饿。其实这个并不是最难的部分，当宝宝对我不再那么依赖以后，我也会产生一些失落感。但是小猫慢慢长大，就会学着自己做更多的事情，做妈妈的也要学会调整自己的心情。

7.全面的营养补给

有句古话这么说，一日不见如隔三秋。要是搁在小静身上，这句话就显得有些无力了，因为她跟小猫的母女情深完全把这句话给比下去了。只要一下班儿看见小猫，静妈就恨不得把她揉进心窝里。为了培养她们之间的感情，小静还强制要求我在家做晚饭，然后她自己带着小猫去楼下草坪散步。我每次做饭都在猜想她大概要秘密给小猫灌输一些反对老爸的思想，才会把我隔离在外的。

但是，机会总会在意想不到的时候降临到你的头上。某个云淡风轻、余晖暖暖的傍晚，小静带小猫遛弯儿回家后，明显缺少以前生机勃勃的精神面貌，她把小猫放回小床就愁眉苦脸地对我说：“大熊，小猫个子比邻居家小胖矮了好多，她会不会生病了？小胖的奶奶说了，孩子要什么都吃点儿的，小猫现在都只吃奶粉的，别是营养不良啊？”

怎么会，我闺女那是要朝着巾帼英雄的路线发展的，以后去了幼儿园她要是因为个儿小被别的孩子给打了我可不能忍。所以，我这当爹的不能眼看她输在起跑线上啊。

“老婆，别担心啊，我能养好你的胃，就能做好小猫的菜。你老公绝对是自学成才的最牛大厨加营养师。”

当晚，我就打电话问我妈小时候我像小猫这么大的时候都吃点儿什么，正记得认真，就听见小猫又哭醒了。

今天晚上我家的女性同志都显得异常烦躁，让我有些措手不及啊。跑过去一看，小猫竟然拉肚子了，抱起来她，感觉的怀里的小心脏扑通扑通跳得挺快。难道被小静说中了，真是生了病？摸摸脑袋，好在没有发烧。好一阵儿哄，看她能睡会儿了，我就决定明天去个医院，给小猫检查下身体。

带到医院，医生说是脚气病。我只听过大人得香港脚，小孩儿还能得脚气？

小静在旁边也不让我省心，“是不是把脚气传染给了小猫？你每天有按时洗脚吗？我女儿这么爱美，你还让她生病！”一连串的责难让我有些百口莫辩了，我并没有要做一恶毒的后爹啊！小猫真的是我的亲生女儿！为了洗刷我的不白之冤，我赶紧仔细请教了下医生病因。原来维生素B1摄入不足会造成小儿脚气病，这种病和我们通常看到的脚气病不一样，小儿脚气病不是都表现在脚上，而是表现在宝宝的身体器官受到损害，严重的甚至会威胁宝宝的生命健康呢。这一看病，把我和小静都吓出了一身冷汗。

赶紧的，没有注意到宝宝营养问题的父母和我一起来补个课吧！

[大熊血泪箴言之营养篇]

TIP 1

宝宝需要的营养。帮助宝宝补充好营养，才能提升宝宝的免疫力，从饮食方面来讲，这些食物对于增强免疫系统大有帮助：

● 生命之源——水。宝宝在哺乳期，除了从母乳或者奶粉中摄取水分外，依然需要补水，特别是天气干燥或炎热的时候，在两次喂奶中间，需要给宝宝一些白开水。3个月大的宝宝可以喝一些稀释量在2：1（水：果汁）左右的果汁。四个月后，你就可以为他补充菜汤肉汤了，但是不要有油。

● 各类富含维生素的食物。比如香菇中含有大量维生素B，番茄含大量维生素C和E，全谷类含胚芽和多醣以及丰富的维生素 B 和 E，糙米和薏仁都是不错的选择。

● 黄绿色的蔬菜。蔬菜里的纤维能够帮助肠道通畅，给肠道提供一个良好的吸收环境，大人和小孩都不可或缺。

TIP 2

给宝宝补充营养，食补优于药补。有些补品中可能含有激素，造成儿童性早熟。如果盲目补充会使宝宝营养摄入不均衡，营养素比例失调，不利于宝宝身体的健康发育。不要迷信深海鱼油之类的食品。深海鱼油中富含的一种叫做EPA的物质会对婴幼儿血管发育造成损害。另外，一些鱼类含汞，也会是婴幼儿的发育中的神经系统受到损害。

TIP 3

牙好胃口就好，固齿所需的营养素有钙（含于虾仁和骨头、奶制品、蛋黄）、磷（含于肉、鱼奶、谷类、豆类和蔬菜）、氟（含于海鱼）、蛋白质（含于各种动物性食物及奶制品）、维生素A（含于新鲜蔬菜）、维生素C（含于枣、猕猴桃等水果）和维生素D（可通过日光照射皮肤使体内自动合成）。挑一些宝贝能吃又富含这些营养素的蔬菜和肉类给宝宝做辅食吧。

[小静告诉你妈妈要注意的事儿]

TIP 1

宝宝的营养补充要从妈咪开始着手，母乳是最好的营养来源。母亲为了能给宝宝营养均衡的母乳，千万不要挑食哦。这时的妈妈应该注意摄入蛋白质，脂类，无机盐和维生素，其中，脂类对于宝宝的大脑发育非常重要，而无机盐中含有的钙、铁、铜、锌、碘都是宝宝身体发育需要的元素。

TIP 2

离乳食品那些事儿必须得整明白！四个月大的宝宝就可以开始食用非乳类食品咯！因为这是母乳和配方奶粉都难于满足他小身体的生长需要了，糊状的辅食不仅可以给宝宝提供全面的营养，还能锻炼宝宝的咀嚼功能。以下的小建议要记牢呢：

对于宝宝来说补充维生素和矿物质非常重要，因此营养米粉应当选择含有多种维生素和矿物质强化的类型。

为了保证宝宝摄入足量的血红素，避免缺铁性贫血症，应当在宝宝6个月以后增加肝泥和肉泥作为辅食。

家长对宝宝的饮食种类有决定权，宝宝对自己的饮食量有决定权。要营养，也要让宝宝吃得开心，保持心情愉悦。

8.什么东西你能吃，宝宝不能吃？

想养好一个宝宝，光光伺候他的吃喝拉撒睡，就能累瘫好几个成年人。自从小猫诞生之后，我再没了和老婆大晚上手牵着手一步两步三步四步看着天，看星星一颗两颗三颗四颗连成线的浪漫时光，这还只是个肉团的小祖宗，就得我们家好几个人围着转。人类的婴儿比之动物的宝宝来说，真是脆弱，人家刚生下来的小马都能跟着妈妈过河呢，我们家小猫，这么久了还只会吃喝拉撒睡和嚎。

自打当了父亲，我才明白什么叫骨肉连心，看着小猫笑，我也傻呵呵地乐，听到小猫哭，我恨不得把罪魁祸首拉出来胖揍一顿……当然，一般我只揍自己，老婆和岳父岳母肯定是没有责任的！如果小猫只是正常地吃喝拉撒睡也就算了，大人们做牛做马心甘情愿地照顾着，看着她茁壮成长，心中的成就感也是和那飞天的神舟七号一样，蹭蹭地往上窜哪！

可是万一小猫发生了什么情况，你的一颗心就会和发射失败的火箭一样，刷刷地往下掉，都不带停的，最后砸地轰隆一声响，碎了……

你以为宝宝和你一样，恨不得把你能用的最好的，吃的最好的都留给宝宝，殊不知，有些东西，你能吃，宝宝却是不能吃的。我曾经就惨痛地栽过跟头，牺牲的代价是小猫的健康。

有两天，小猫脆弱的肠胃莫名其妙开始造反，一直拉稀稀的粑粑，每次换尿布的时候，忧心忡忡的小静眉头都要皱到了一起。

刚开始的时候，只是比较稀的粑粑，我和小静都没有在意。因为小猫一直都是母乳喂养，喝奶的小宝宝肯定不会排出像大人一样的成形的便便，所以当小猫的粑粑含水量明显增大的时候，我和小静还不明白出了啥事儿，只觉得为啥小猫的哭闹明显变多，晚上睡觉明显不安生了，小身子在襁褓里一扭一扭，一看就是很不舒服的样子。

我熬出了两个大大的熊猫眼，抱着她拍着她，尽力安抚，琢磨着最近报纸上不是有报导说唱红歌有各种奇效，有不孕不育的夫妇唱怀了孕，有妻子把植物人的老公唱醒过来了，于是我琢磨着要不要给小猫来上一段“风在吼，马在啸，黄河在咆哮，黄河在咆哮……”以娱闺女！

小静对我的迷信之举报以万分的鄙视，她一向是坚定的科学主义者，有着严密的推理能力，说用脚趾头想如果拉肚子了，肯定不舒服，小孩子不会说话，只会用哭来表达。那为什么拉肚子呢?要不就是受凉，要不就是吃坏了肚子。

受凉不太可能，每天我们都注意好小猫的保温工作，拿温度计测量室内气温，然后依照天气加减衣服，尤其是还在她的小肚子上围一块围兜，做好肠胃的保温工作，这样都能着凉，那就只能定个超大号的保温箱，把小猫放进去了……

真相只有一个，那就是吃的东西出了问题，小静开始了小猫的食谱排查，奶水，奶粉，还有辅食类。最近橙子上市，我是一个橙子控，给我一麻袋橙子我能三天吃光，难得沾我的光，小猫吃的辅食新增了一个鲜橙汁，小静盯着橙汁研究了半天，说会不会是这个问题啊?

我将信将疑，橙汁不是用来补充维生素c的嘛，多c多漂亮，这样小猫以后的皮肤才能好。橙汁多好吃啊，再说小猫是我生的，遗传了我黄大熊的坚强体质，对橙汁过敏根本不可能！但是话虽这么说，我还是顺手百度了一下婴儿吃橙子有什么后果，跳出来的网页让我一愣。

网上说婴儿不能吃橙类食品！

我一惊，赶紧睁大眼睛看清楚，生怕漏掉了什么信息。原来橙类水果带酸，一周岁内宝宝脆弱的肠胃消受不起，有的还会引起过敏等反应。敢情小猫拉肚子真的是因为吃的橙子了啊！

怕食物有问题，你先当小白鼠，证明安全了再喂给宝宝，这种精神固然可嘉，但是现实中却起不了什么作用。对于婴儿真不能试用以身试“食”，不能效仿古时候的遗风，以为你的肠胃和宝宝的肠胃简直就是钢铁和鸡蛋的区别，你之蜜糖，可能是宝宝之“砒霜”，慎重啊！

[大熊血泪箴言之一岁内宝宝禁食物篇]

TIP 1

会让宝宝消化不良的水果类：

种　类	橙类水果	带毛水果	热带水果
代　表	橘子，橙子	猕猴桃，水蜜桃	菠萝，芒果
原　因	带酸	含有肠道难以透析的大分子	容易过敏，刺激性强

TIP 2

看起来很营养的**海鲜**其实宝宝难以消受：螃蟹，大虾，贝壳类，婴儿容易过敏，鲨鱼、鲶鱼、金枪鱼等容易汞含量高的鱼类，最好也不要给宝宝食用。

TIP 3

喂稀粥类主食的时候，千万不要依照你的习惯，给宝宝吃**咸菜类腌制**食品。含盐太高啦！更何况咸菜中还有亚硝酸盐这个可怕的东西！

TIP 4

蛋清会让有的宝宝长疹子！一岁前，可以和宝宝分工合作，宝宝吃蛋黄，你吃蛋清。

TIP 5

宝宝不是大力水手，菠菜少给他吃哦，其他含**草酸**多的蔬菜也少喂给宝宝，免得宝宝的骨骼发育得不到充分的钙质。纤维素适量就好，不要喂食难以消化的竹笋或者菜梗。

TIP 6

可乐，咖啡，茶，酒类这些不用强调，**矿泉水**也要少给宝宝喝啊。有的家长担心自来水的水质问题，以为矿泉水含矿物质多，水质干净，连冲奶粉都用矿泉水，殊不知，一周岁时宝宝体内还保留有母体带出来的矿物质，普通的水就能给宝宝补给，矿泉水中高矿物质反而会给宝宝的肾脏造成负担哟。

TIP 7

汤圆，果冻，棉花糖等**容易堵塞食道**的食物，宝宝的咀嚼功能、吞咽功能还没发育完善，这些食物会很容易出现危险的。

TIP 8

有两个食物很容易被父母们“误信”，一是**蜂蜜**！蜂蜜虽然营养，但是可能会含有大肠杆菌，或者某些对成年人没什么大伤害，但是对宝宝却很致命的细菌哦，一岁前还是不要在奶粉或米粉里添加蜂蜜啦。二是**新鲜牛奶**！理由同蜂蜜。

TIP 9

糖果。婴儿不同于儿童，对甜食没有那么多的欲望，现在糖果多含有色素和糖精，想想都是不适合宝宝吃的啦。

第4章

男人观点——养孩子，比养宠物难多了

1.教你观察你的孩子（哭，笑，身高体重，常见的现象分析）

六个月！我家小猫长牙了！

还记得她刚从小静肚子钻出来的时候，小小的柔软躯体，粉嫩嫩的小嘴，咧开哭的时候会看见粉红的牙龈，上面光滑的一溜儿，什么都没有。人一出生的时候是没有牙齿的，等到老了之后牙齿可能也掉光光，这牙齿某种程度上，还真像是金钱这种身外之物，生不带来死不带去的。

回归正题，是怎么发现小猫长牙的呢？说起来多亏了小静，因为小静今天下班后，顾不上休息立刻抱着小猫喂奶，小猫霸道地嘴巴里含着一个奶头，另一只手还抓着一个，小眼白瞅着我，似乎在说："想和我抢，没门。"我看着她这么嚣张的样子，起了逗弄的心思，嘻地一声凑上前去，做了个鬼脸吓唬她，结果小猫一哆嗦，小静大叫一声。

真的，我没说错，是小静大叫了一声，小静嘶嘶倒吸着冷气，痛得眉头都皱起来了，看来是小猫咬了她一口，奇怪，平时小猫偶尔也会咬一咬乳头，但是小静都没有反应这么大过，难道今天小猫被我吓了，瞬间上下颌的力量爆发了？

小静轻轻地用手指去拨开小猫的嘴唇，观察了下小猫的口腔，用食指轻轻在小猫的牙龈上摸了摸，瞬间那皱着的眉头舒展开了，脸上绽开一朵笑容，都热烈地比的上春天照耀的迎春花了。小静的变脸我还没适应过来，就见她对我挤了挤眼睛，开心道："就说今天咬得怎么这么疼！原来是长牙了！"

长牙了，我心中一个激灵，赶紧凑上去，仔细地观察小猫的牙龈，小静指着右下门牙处和我说："看，这里，有些咯咯的，是长牙了呢。"我睁大眼睛，那粉红的牙龈肉间，有一点点羞涩的白点，很小很小，几乎比针尖大不了多少，真的是小猫的乳牙！

这简直是历史性的突破！小猫的一颗小小乳牙，穿破了牙龈的重重包裹，以大无畏的革命精神，冒出了头！从此以后，它的同伴们，它的兄弟姐妹们，将以前仆后继的勇猛姿态，如雨后春笋一般冲出阵地，走向世界，糊糊类食物再不是唯一的选择，整个的苹果，香煎多汁的大块牛肉，酥脆可口的炸鸡腿，各种好吃的食物都将拜倒在这一口坚硬的牙齿之下，颤抖吧！小猫面前的食物！

小静看我傻笑，立刻又给我了一个巴掌，把我唤回神来。从小猫刚出生到现在五个月，似乎每一天都发生着新的变化，之前我还没有怎么察觉，只觉得她一直都是那个在襁褓中弱弱的婴儿，但是今天她长牙了，才让我真正意识到，她一直在一刻不停地长大。

看着宝宝生长，是一件愉快的事情，好像看着一块璞玉被雕琢成美丽的艺术品。回想起小猫的生长过程，从一开始红通通的小婴儿，眼睛只能睁开一条细缝，到现在成了一个大眼小美女，乌溜溜的眼珠纯洁无暇，不高兴的时候就赏家中小的们（好吧，只有我）一个白眼。从只能躺在襁褓里，到可以舞着小手小腿和我做踢腿拍手游戏。从只会哇哇地哭到会婉转地哭、咿呀地叫唤、甚至还会假哭以求换得大人的搂抱……我们的小天使，真的在慢慢成长。

要时刻观察着宝宝，不仅是为了不错过他成长过程中的变化，比如第一次长牙，第一次长了十厘米，第一次会转动头部，第一次会爬，第一次会叫爸爸妈妈，还可以确定宝宝是否健康，有没有生病，所处的环境是不是舒适，心情是不是不好。多观察宝宝，就能多了解宝宝，照顾起宝宝也会更加的得心应手。

[大熊血泪箴言之观察宝宝篇]

观察宝宝的生理反应

饿了？ → 宝宝饥饿的时候会哭闹，哭声急促，小嘴蠕动有找奶头的动作，这时候将奶头送到宝宝嘴边，他会立刻叼住吮吸，并且满意地安静下来。

饱了？ → 喝饱奶的宝宝会漫不经心地含着奶头，甚至将奶头吐出来。饱的宝宝会比较安静，没有进食的欲望，将奶头送到他嘴边会被他无视。

热了？ → 摸摸宝宝的脚心和手心，也可以量体温，宝宝正常的体温应该保持在36℃到37℃之间。宝宝如果太热会浑身冒汗，脸色泛红，情绪会烦躁，甚至有可能哭闹。

冷了？ → 宝宝冷的时候皮肤会变苍白，容易打瞌睡，精神不好，小手小脚偏凉，这时候要添衣服了。

TIP 1

一看宝宝的外表。健康的宝宝皮肤红润，眼睛有神，除开刚出生的宝宝眼睛只能睁开小小的一条缝隙之外，别的宝宝如果睁不开眼睛，眼皮有粘连现象的话，就说明宝宝可能内热上火了。

TIP 2

二看宝宝的情绪。如果宝宝不停哭闹，烦躁不安，这是身体出现毛病的征兆，有可能是发热，也有可能是受到了惊吓，要及时就诊。

TIP 3

三看宝宝的食欲。如果宝宝没有因为吃了太多零食而不愿意吃正餐，而是一切都按时进食，突然食欲变得不是很稳定，包括突然减少或者大增或者绝食，吃完之后发生呕吐，肠胃疼痛，发烧等情况，说明宝宝生病了。

TIP 4

四看宝宝的动作。如果宝宝一直在烦躁地踢腿蹬脚，就可能是感觉到了不适，这时候应当检查了下宝宝是不是热了或者冷了。正常情况下宝宝的呼吸应当是平缓的有节奏的，如果突然变得粗细不匀频率紊乱，有可能是发烧的症状；如果是用力吸气和张口呼吸，就说明宝宝鼻塞了。

TIP 5

五看宝宝的睡眠。睡眠应当是平和的香甜的，睡姿自然放松，表情平和天真，生病的宝宝一般都睡眠不良。

TIP 6

六看宝宝的体重和身长。宝宝呱呱落地之后，体重会逐渐增加上涨，足月的宝宝一般重约3到3.5公斤，出生第一年，随着新扎爸妈辛苦的养育，前6个月平均体重每个月会增加0.6公斤左右，后六个月平均增加0.5公斤左右。身长可以将宝宝平放在床上测量，刚出生的宝宝一般约50厘米左右，前六个月每月平均长高2.5厘米左右，后六个月平均长高1.5厘米，等到宝宝一周年了，就会有大概75厘米高啦。

TIP 7

宝宝正常生理反应观察也有诀窍：

● **饿**怎么看？宝宝饥饿的时候会哭闹，哭声急促，小嘴蠕动有找奶头的动作，这时候将奶头送到宝宝嘴边，他会立刻叼住吮吸，并且满意地安静下来。

● **饱**怎么看？喝饱奶的宝宝会漫不经心地含着奶头，甚至将奶头吐出来。饱的宝宝会比较安静，没有进食的欲望，将奶头送到他嘴边会被他无视。

● **热**怎么看？摸摸宝宝的脚心和手心，也可以量体温，宝宝正常的体温应该保持在36℃到37℃之间。宝宝如果太热会浑身冒汗，脸色泛红，情绪会烦躁，甚至有可能哭闹。

● **冷**怎么看？两岁以下的孩子对于冷的感觉还不够敏感，这是由于神经系统还未发育完全的表现，而且也别指望他能用语言告诉你说妈妈爸爸俺冷啦！所以就要通过新扎爸妈的细心观察。宝宝冷的时候皮肤会变苍白，容易打瞌睡，精神不好，小手小脚偏凉，这时候要添衣服了。

2.宝贝哭闹的应对策略

我曾经报名参加了一个我们这个城市的早教机构的母婴培训班，大约有六七对父母定期带着宝宝来上课，有专门的培训师来传授一些照顾宝宝的诀窍和方法。父母之间也可以有交流，还可以让宝宝认识到一些同龄朋友，虽然他们现在还进行不了什么实质性的交流，认识认识也是好的。

呃，真的是母婴培训班，唉，如果有开父婴培训班我一定第一个报名，一同上课的都是新扎妈妈和小宝贝，唯有我一个大老爷们带着尿布鹤立鸡群，我容易吗我。

刚开始我觉得很不适应，都是一堆刚当了妈妈的伟大女性，并且都用惊奇的眼光看着我，我硬着头皮带着小猫进班，那培训师阿姨一看到我，扬了扬眉毛，“哟，来了一个英雄父亲？”我嘿嘿地冲老师笑，然后抱着小猫坐下。

做一个体谅老婆的男人不容易呀，做一个新世纪照顾宝宝能手的男人也不容易啊，走到哪里都有人围观，好歹本人自认为还是经得起组织考验的，于是静下心来，搂着小猫坐下来准备听课。

老师先讲了一通照顾宝宝的注意事项，包括卫生要做好，宝宝穿的衣服要柔软适温，课堂正在温馨平静的状态下进行的时候，我斜后方的女士怀中的宝宝突然哇地一声哭了起来。

这下好了，好像一滴沸水滴进了油锅，安静的课堂炸开了锅。

那位女士抱着的是一个男宝宝，以后肯定是个大嗓门，哇哇的声音几乎要把屋顶给掀了……好吧，我的描述有点夸张，不过他的哭闹声真比我家小猫大了好几十个分贝，果然是男生有力气。课堂中有七个宝宝，婴儿的哭声有“传染性”的，那男宝宝嚎了没几声，立刻别的宝宝也哭了，一个两个三个，黄河大合唱开始了。

一个宝宝哭都让人揪心的不得了，更何况好几个宝宝一起哭，那声音此起彼伏，哇啦啦啦呜啦啦啦，你方唱罢我上场，真真正正的热闹，往你耳膜里钻的效果那是杠杠的！

原本认真听课的妈妈们都开始手忙脚乱地哄宝宝，我家的小猫在我怀里扭了扭，也扁起了嘴准备加入，我赶紧搂住她晃晃，轻轻拍着她的胸口，嘴巴里发出不哭不哭的安抚声，心中冒着冷汗想：“小猫啊，可别哭，乱哭可是不乖哟。”

小猫呃呀了两声，涨红的小脸慢慢褪了色，回复到正常的脸色。我暗暗松了一口气，继续轻摇着安抚她，抽空回头看别的人家，有的小孩已经安静下来了，唯有一开始的罪魁祸首宝宝，还在哇哇地哭，他妈妈手忙脚乱地安抚却没有什么效果，急得脑门都冒汗了，我寻思着要不要起身去帮帮她看看怎么了，培训老师走下讲

台，看起来经验丰富的老师要出手了。

培训老师是一个阿姨，经验丰富到摸都不需要摸，只看着宝宝便说：“应该是尿了，换尿布就好了。”协助那位妈妈把宝宝的纸尿裤解下来一看，果然是湿了，原来是这个小帅哥突然尿了……

换好了尿布，那位小帅哥也乖乖地安静下来，课程也可以重新开始了，有了刚才的一段合唱插曲，老师笑着说让我们先了解一下宝宝为什么哭闹，再决定哭闹的时候该怎么应对。

原来哭是宝宝的语言，小宝宝没有办法说话，开心的时候就笑，不开心，冷了饿了的时候，只能用哭来引起父母的注意。一般来说，宝宝不会无缘无故地哭闹，哭闹有很多原因，婴儿时期不会说话不会做动作，只能用哭闹来表达情绪，就像一首歌有n个调子，但是歌词只有“啦”字。说如果发现宝宝哭闹的苗头，第一时间就要给予安慰，尽量找出宝宝哭闹的原因，比如有的宝宝是尿了，有的宝宝是饿了，有的宝宝只是想妈妈了。对症下药，宝宝才能最快的破涕为笑。

[大熊偷师来的之宝宝的哭闹应对策略]

TIP 1

哭是宝宝表达情绪的重要方式，当宝宝张着嘴哇哇的时候，千万不要慌张，保持镇定，保持笑脸，你的坏情绪不会对安抚宝宝有什么好处的，被敏感的宝宝感知到，反而会加深宝宝的烦躁和不适哟。

TIP 2

对症下药，才能让宝宝笑口常开。宝宝常见的哭闹原因有以下几种，分别有着各自的应对策略。

● 尿布湿了。湿尿布会让宝宝感觉很不舒适，有时候宝宝哭闹，就是表示说爸爸妈妈，我尿了或者我拉了，这时候要赶紧换上干燥舒适的新尿布。

● 摸摸宝宝的肚子，是不是饿了？饿的话宝宝的哭声比较短促，中气不会那么足，这时候应该赶紧喂食物。也可能是胀气？宝宝的肚子如果是硬鼓鼓的话，赶紧将宝宝竖抱，轻轻拍他的背部，帮助排气。

● 宝宝是不是冷了或者热了？或者周围环境太过于嘈杂？如果是的话及时添加或增减衣服，带着宝宝换到安静的地方。

● 被蚊虫骚扰？出疹子起包了？宝宝是很容易被蚊虫叮咬，没办法，带着奶香味道，嫩嫩的皮肤，蚊子最喜欢了。抹点清凉油、爽身粉，给宝宝止痒。

● 缺少睡眠也会哭闹。这时候的宝宝哭声不会很大声，比较平缓，有些不安，可以轻轻安抚他，唱摇篮曲助眠。

● 呼吸不畅。得过感冒的人都知道鼻子堵的滋味有多难受，小宝宝的鼻子很容易被鼻涕堵塞不透气，这时候应该固定住宝宝的头部防止其乱动，用婴儿棉签轻轻清理宝宝的鼻腔，动作轻柔，不要过度探入，让宝宝鼻子重新通气。

● 寂寞了……不要认为小宝宝不懂寂寞的滋味，人类天生是群居动物，婴儿如果被大人忽视，会产生强烈的焦虑和不安感，只好用哭声来找妈妈，来提醒说我在这里，我需要关爱。这时候多和宝宝说说话，陪着宝宝玩耍，最好有肢体的接触，比如将宝宝抱起来等。

TIP 3

宝宝哭闹的时候，抱他是有讲究的，可以将宝宝抱在胸口，让宝宝感觉你的心跳，轻轻地有节奏地摇晃宝宝，口中说些安抚性的话语，最好发出“嘘”声，能让宝宝很快安静下来。

TIP 4

贡献一个奇怪的招数。宝宝哭闹时可以将电视调成雪花状态，据说此时电视发出的沙沙的杂音是宝宝在子宫中经常听到的声音，有助于他的安静。

3.给宝贝穿衣服的智慧（怎么穿，穿多少）

说到要怎么给宝宝穿衣服，我想起了小猫刚回到家一周的事情。那时候刚刚把她从医院接回来，兴高采烈地回到家，原本以为准备已经够充分了，结果临场才发现，计划永远赶不上变化。

回到家后，没有了医院中随叫随到的护士医生，我和小静都陷入了忐忑之中，好像失去了引路的指明灯，生怕我们两个新手上路，照顾不好小猫搞不清楚方向出车祸。但是革命尚未成功，同志仍需努力。都到了这个地步，我们这两个新扎爸妈不会也要学会，没有条件也要创造条件，争取将小猫同志养育成新世纪建设四化的优秀人才。

小心驶得万年船，我战战兢兢地按着书上的，网上的，岳母的各种指示照顾小猫，恨不得一天二十四小时都是清醒的，好能最全面最周到的照顾她。其实照顾小猫在劳累之余，还是有很多乐趣的。每当给她换衣服的时候拿着她色彩鲜艳的小衣服在她面前晃晃，我都会想起斗牛士拿着一块鲜艳的红布挑逗斗牛，当然小猫不会和斗牛一样怒气冲冲地冲过来，她只在襁褓中不明所以地吧唧下嘴。

宝宝微笑的表情，在每一个父母眼中，都完胜奥黛丽赫本。如果小猫能够赏脸露出一个微笑给我，那便是最好的奖赏，简直就和公司给我加薪一般，哦不，比加薪更让我有幸福感。给她换衣服的时候，小猫会变得很兴奋，小手小脚会挥动着，经常依依呀呀地咧开嘴巴，好像在说："啊，我喜欢穿漂亮衣服。"所以给小猫换衣服，是很愉快的经历。

一般我和小静通力合作，一人支撑起小猫的头部，一人将衣服套进小猫的头，一人撑着袖子，一人将小猫的手臂送进袖管，用这种方式给我家小猫穿衣，虽然工程量有点大，但是对于小宝宝来说，是安全的换衣法则。

刚接回家不到一周，那天早上小猫尿了裤子，量比较大，渗透过尿布沾到了衣服上，我只好给小猫换一套干净的衣服。我和小静一边嘻嘻哈哈地取笑小猫，一边商量着说要不要拿一台摄像机来拍一拍，搜集一下罪证，等到以后小猫长大了不乖，就拿着视频吓唬她说："看，你小时候还尿裤子呢，再不听话就把你尿裤子的视频给别人看！"

我和小静正在YY某天会成为"无良父母"，我眼角余光瞄到小猫手臂上有一些红点点，好像红墨水滴到了白皙的皮肤上，心中不由一个咯噔，疑惑地摸上去，像是起了一片疹子。我的心立刻沉了下来，指给小静看，两人顿时都没有了心思调笑，嘀咕道："这是怎么了？"

刚出院一周，我和小静都处于风声鹤唳草木皆兵的状态，小猫身上一有什么风吹草动，我们都吓得不行，看到红疹子当即把心提到了嗓子眼，两人对着那红点点研究了半天，"疹子？过敏？淤血？"，越猜越离谱，越看这些红点点越像是红色炸弹。

当即我的屁股就坐不住了，让还没出月子的小静在家休息，给小猫裹上襁褓，再裹上毯子，生怕她冷了冻出什么毛病，赶紧上医院去。在儿科诊室中，我把小猫的红点点给儿科医生亮出来，忧心忡忡地问大夫到底怎么回事。谁料那医生只是淡定地瞄了一眼，轻松地说："穿太多，捂出来的。"

"捂出来的？"小猫带回家之后，我和小静特别怕她冷了，不仅空调温度不敢开低，给小猫穿好衣服之后，往往还要再盖一条小被子，难道好心办坏事，直接把小猫捂出毛病来了？医生说其实婴儿比起怕冷，其实更怕热，如果宝宝穿的衣服太多，体温太高，反而容易出问题，像这种被捂出得疹子初期连药都不开，回去之后别给宝宝穿太多衣服，减掉两件，让她穿的比大人多一两件就好了。

我将信将疑，回去照着医生的交代，琢磨着只先去掉了一件，过几天再去掉一件，循序渐进让小猫适应，减少掉感冒的风险。很神奇的是，当我给小猫慢慢减少掉衣物，让她穿的只比我多一件的时候，几天之后，小猫身上的疹子神奇的慢慢消退了，整个人也变得安静下来了，不像之前有时候容易烦躁、涨红着小脸哭闹得那么频繁。

看来，给宝宝穿衣服，也是有可以值得大书特书的技巧呢。

从科学的角度来说，穿多少衣服，不仅要根据天气的变化，也要根据宝宝自身的体质，比如宝宝正在出疹子，就不要捂着宝宝，还要给宝宝选择宽松透气吸汗的棉质布料。“若要小儿安，常带三分寒”，这句老话表明，与其让宝宝热，不如让宝宝冷点，事实上，如果一直给宝宝穿太多的衣服，宝宝的体温会一直保持在较高的状态，反而容易生病。所以应当从小培养起宝宝抗冻的能力，穿衣服的多少可以和大人同步，如果实在担心宝宝怕冷，比你多上一件就够了。千万不要在大夏天你热到打赤膊的时候，给宝宝穿长袖，也不要在大冬天你要风度不要温度的时候，也给宝宝穿帅西装。

[大熊血泪箴言之穿衣服篇]

TIP 1

6个月之前的宝贝身子柔软，最传统的和尚衣是最好的选择，和尚衣是类似汉服的交叉领子系带款式，将衣服平摊在床上，把宝宝抱上去，轻轻将宝宝的小手套入衣袖子，然后将两边衣领子交叉叠好，系上宝宝腰侧的带子就ok啦。几千百年来的宝宝穿的都是传统的和尚衣，在现代社会婴儿衣服各种款式的冲击之下，好多新爸新妈都忽略了传统的这种衣服样式，反而是最方便宝宝穿脱的。

附大熊自画和尚衣图样：

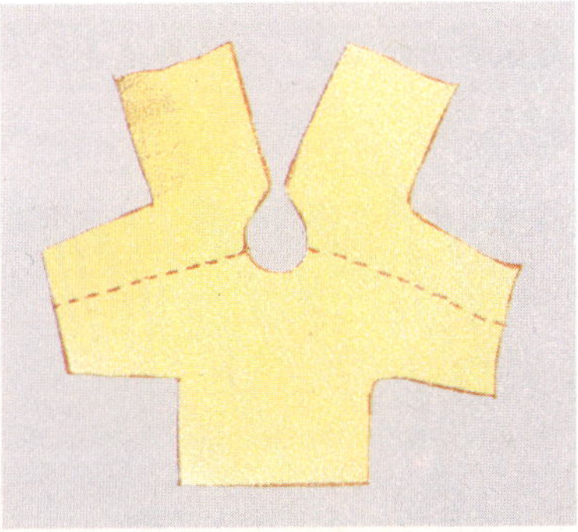

图：纸样

图；完成后

TIP 2

如果是小T恤，可以让宝宝平躺在床上或者靠在你怀中，将衣服卷起来露出领口，一只手轻轻扶起宝宝的头，将衣服套入宝宝的脖子，然后再依次将宝宝的小手套进袖子里，拉好衣摆就平整啦。

TIP 3

穿衣服的时候，可以适当挠挠宝宝的脚心，出声逗一逗宝宝，让宝宝的心情愉悦，这时候宝宝的配合才是最高的，不会哭闹挣扎。

TIP 4

冬天给宝宝穿毛衣的时候，里面记得要加一层内衣，而不是贴身穿，避免刺激宝宝娇嫩的皮肤。毛衣也不要选用兔毛等容易脱落的材质，避免被宝宝吸入呼吸道中。

TIP 5

要注意给宝宝保暖的三个部位：

- 一个是头部，婴儿百分之二十五的热量都从头部散发，所以天气冷的时候要给宝宝戴上一顶小帽子。
- 一个是肚子，肚子着凉的话容易引起肠胃功能不调，所以即使是三伏热天宝宝穿短袖的时候，也要注意围好宝宝的肚子。
- 一个是小脚板，脚上有很多人体的穴道，也需要做好保暖，应当给宝宝穿棉质的柔软的干燥的袜子，保护脚步皮肤。

TIP 6

简单几招看衣服够不够：

- 摸摸宝宝的腋下，最好保持在微微出汗的地步，多了热少了冷；
- 你的脸轻轻碰触宝宝的鼻尖，如果感觉到凉意那就是冷了；
- 检查宝宝的后脖子，应当是无汗且温暖。

4.什么样的睡姿最健康

在和小静热恋之后，我又一次体验到一日不见如隔三秋的感觉。新扎爸妈们，在公司上班，上着上着就想宝宝了有木有？午休的时候打个电话回家，就想听宝宝咿呀一声有木有？每天下班回家第一件事情，就是扑到小猫的床边上演一出含情脉脉的重逢戏码有木有？

一周岁内的宝宝大多数时间都在睡觉，尤其是刚出生一个月的宝宝，简直是拿出要把床板睡穿的姿态，每天都呼呼大睡，睡起来就吃，吃完了再睡，简直是高级社会主义阶段的生活。每当趴在小猫的婴儿床边，看她幸福地闭着眼睛，呼吸轻柔规律，有时候一只小手还攥成拳头咬在嘴里，那睡梦的甜美感觉仿佛也过到了我的身上。听说宝宝在母亲肚子里就会做梦了，不知道小猫现在会梦到什么东西，鲜花？绿叶？还是宁静的河流？或者是在她眼前晃来晃去很久，天天傻笑的爸爸？

给小猫置办睡床的时候，买了一个很可爱的枕头，荞麦填芯，虽然没有棉花来的柔软，但是是担心太过于柔软的枕头容易造成窒息的事故，小猫这么小还不会翻身，万一被松软的棉花堵住口鼻，是会出危险的。

小猫最喜欢的睡觉姿势很搞笑，总是喜欢仰面朝天，两只小手缩在胸前，两只小脚蜷翘起来，好像一只对天露出肚皮的小狗狗，舒服的简直要冒泡泡。一把她翻过身来，或者替她伸展好小腿，她便会不安地醒过来，或者重新变成这种姿势。

我和小静一开始都没注意，两人都觉得宝宝爱怎么睡就怎么睡吧，反正睡的舒服就好，岳母却不这么干，总是不厌其烦地替小猫翻身，今天让她左侧着身子睡觉，明天让她右侧着身子睡觉，白天让她仰面睡，还在小猫的荞麦枕上加一个松软的毛巾枕套。看岳母大人忙活久了，我和小静也忍不住提醒说：“小猫爱怎么睡便怎么睡吧，不用特意翻身，会打扰睡眠的。”

岳母大人摇摇头，鄙视地说：“你们小两口懂什么，宝宝要这样睡，头型才漂亮。”岳母大人指着小猫脑袋底下的枕头：“你们的枕头偏硬，小猫又喜欢仰面睡觉，如果不多给她翻翻身子，会把后脑勺睡扁睡平的。”

“哈？”我和小静面面相觑，还没回过神来，这后脑勺还能睡出形状来，岳母大人很感慨地说：“以前我这一代人都兴给孩子睡扁头，后脑勺睡的越扁越好，本来小静你差点也被你奶奶睡成扁头，还好我觉得姑娘扁头扎麻花辫不好看，才没让你奶奶那样干，幸好我有先见之明， 不过审美是在变化的，现在的人倒觉得扁头不好看了。”

岳母大人给床上的小猫翻了个身，让她侧着身子继续呼呼大睡，“小静，还记得和我一起扭秧歌的陈阿姨家的儿子么？前年生了个孙子，那陈阿姨守旧，把他孙子的头也睡得扁扁的，现在那父子两搁一块儿，眉眼头型一个模子烙出来一样，后脑勺都是和被刀削了一样，气的她媳妇儿和陈阿姨大吵了一架……”

小静回想了下那陈阿姨的儿子，不由打了个寒颤，“妈，你千万别给小猫睡成那样，还是自然点好。”

原来一周岁之内，宝宝的头骨还未发育完成，硬度还不够，这时候的头骨的形状是具有很高的可塑性的，睡觉的姿势能改变头型。因此，应当从小培养宝贝的睡姿，这样宝宝的身体才能发育均衡，头型才会漂亮，面部的五官不会受到体重的挤压影响，从小就打下好身材的底子。原来老一辈的人很喜欢宝宝的后脑勺睡得扁平，所以一般采用比较硬的枕头，让宝宝一直仰睡，后脑勺自然而然就睡平了，那样的脑袋看起来虎头虎脑，在老一辈眼里是有福气的象征，可惜现在随着时代的发展，扁头就成了怪异的审美，宝宝长大后，就会显得头部很奇怪。

那么，到底一周岁内的宝宝应该采用什么样的睡姿呢？

[大熊岳母血泪箴言之宝宝睡姿篇]

TIP 1

传统的睡姿——**仰卧睡**，仰卧睡是最传统、老一辈最提倡的睡姿。就是让宝宝仰面朝天地睡在床上。

优点：不会压迫宝宝的心脏、膀胱等内脏，宝宝的呼吸会比较平缓，全身的肌肉最为放松。

缺点：由于宝宝舌头的肌肉也颇为放松，仰卧时舌头根部呈现自然往喉咙下坠的现象，容易堵塞呼吸道；再由于宝宝的胃还未发育完整，仰卧时胃袋还处于身体的水平位置，胃袋口肌肉控制能力较弱，宝宝会容易发生溢奶现象；总是仰卧也会使宝宝的后脑勺变平，头型不美观。

TIP 2

欧美传统提倡的睡姿——**俯卧睡**。顾名思义，就是让宝宝趴着睡。

优点：这样宝宝的颧骨不会发育太高，鼻梁高耸，脸部侧面线条平直。

缺点：俯卧睡一定要在有人照看的情况下，以免宝宝的鼻子受到压迫呼吸不畅，因为不会翻身而发生窒息危险，现在西方的医生都建议父母不要让宝宝趴着睡，极容易发生危险。

TIP 3

相对安全舒适的睡姿——**侧卧睡**。让宝宝自然放松，侧着躺在床上，双手自然摆放，不要压在身子底下，因为宝宝还没有支撑自己身体的能力，在后背给宝宝垫一个枕头作为着力点。

优点：这样的睡姿可以让你有一个小脸宝宝，因为体重的压迫，宝宝的脸颊不会发育得太大，除非家中有遗传的因素，能有效制止腮帮子脸。侧卧的姿势是宝宝出现危险最少的姿势，也能有效地防止吐奶，即使吐奶也大大减少了呕吐物呛进呼吸道的几率，安全系数比较高。

可以预防的缺点：侧卧的时候应当让宝宝左右侧卧交替进行，否则可能形成一边脸大一边脸小的不对称脸型。

TIP 4

宝宝到底该怎么睡？大熊岳母的建议是以侧卧睡为主，多给宝宝左右翻翻身，翻身的时候要注意动作轻柔。仰卧睡适当采用，最好在白天当做调剂睡姿、放松肌肉的小菜，还方便家长观察宝宝的面部表情，睡眠情况。

TIP 5

还有一点不得不说：

宝宝出生之后就要引导他养成正确的睡姿，帮宝宝摆正姿势纠正他错误的姿势，一个月以上的宝宝头部可以自行移动了，这时候要注意宝宝不要蹭掉了枕头，以免发生捂住脸的意外。

5.宝贝需要睡多久？（定时叫醒还是自然醒）

这是一段小猫的抱怨：

从在妈妈温暖子宫里，我便大多数沉浸在睡眠当中，温暖的羊水包裹着我，随着妈妈的动作轻轻的晃动，带来舒适的频率。有时候可以侧躺，有时候可以斜漂，反正这是属于我的私家游泳池，我吮吸着大拇指，幸福地做梦。别大惊小怪，真的，在子宫当中我就会做梦了，你问我梦见了什么东西？不好意思，那时候我还太小，忘记了记不住……

后来，我努力地爬过长长的产道，哇哇啼哭着来到了这个世界，别问我为什么要哭着来，反正所有人都是哭着来的，以后走的时候能笑着就是胜利了嘛。这是个神奇的地方，有白天有黑夜，有风有雨，比起妈妈子宫里的黑暗，这里有了光和色彩，还有很多稀奇古怪的东西，不过我还没有足够的时间去了解，因为我困。

刚出生后，我匆匆地抬起眼皮，有个疲惫的美女对我展颜而笑，眼角还挂着泪，她说："宝宝，你好，我是妈妈"。呃，对不起，我还不会说话……不过美女，你为什么边笑边哭呢？哦，对了，还有个帅哥（这个帅哥称呼是我老爸用十个棒棒糖交换的）对我笑，这个帅哥更奇怪了，他边笑边流口水，不住地说："宝宝你太漂亮了，和你妈妈一样漂亮！"搞得好像我很好吃的样子。不过我没空去琢磨我的爸爸妈妈是如何一对奇葩组合，我被沉沉的睡意拉扯着，呼呼的又陷入了沉沉的梦乡，唉，为什么我总是睡不够呢？

这里的环境和妈妈的肚子不一样，没有了温暖羊水的包裹，取而代之的是柔软的襁褓和被子，不过一样的温暖，经常还有爸爸妈妈的抚慰，他们的手摸过我的小脸，带来令我安心的热度。我四仰八叉地躺在床上，努力地要把床板睡穿，睡到海枯石烂天荒地老，任何人都不能阻止我和周公爷爷培养起深厚的革命阶级感情。一天二十四个小时，我一般睡上二十小时，剩下四个小时就是喝奶啦。

小静插话：

宝宝出生之后，大部分的时间都在睡眠中渡过，在宝宝香甜的做梦的时候，他的身体内部正在进行着忙碌地发育工作，一般来说年龄越小的宝宝需要的睡眠时间越多，随着年龄的增长会渐渐减少睡眠。

● 1个月内的新生儿需要的睡眠时间是最长的，一天二十四小时他们会睡上二十个小时，醒过来的时间就是进食，基本属于吃了睡，睡了吃的小猪状态。

● 2个月到5个月之间的宝宝，睡眠时间有所减少，保持在十五到十八小时之间，开始有清醒过来的时间了。

我听我爸说，我这时候的表现，像极了一个好吃懒做的动物。切，他不知道，我在呼呼大睡的时候，身体可是一刻也没停歇地在长大，我感觉我的肢体在伸张，脑袋变聪明，每一次醒来都比睡前拥有了更多的力量。我觉得，睡眠对于我来说，就和菠菜对于大力水手一样，都是至关重要的补充能量的方法。

不过看在爸爸妈妈那么想和我互动的份上，我在我能力的范围内，视当天的心情，胃口，食量，身体舒适程度，清醒个六七八个小时不定。看我那叫做大熊的爸爸满头大汗地拖地，拖完之后谄笑地摸到我的床边，笑嘻嘻地说："宝宝，看爸爸多么勤劳，把地板拖得多么干净，你笑一个给爸爸看？"

唉，有什么好笑的，现在我连爬都爬不太清楚，木地板拖得再干净和我又有什么关系呢，不过看在他一脸期待的份上，我还是咧了咧嘴角，我那老爸瞬间就和被击中一样，满脸的花痴，真是丢人，一点都没有上次在培训班认识的小黎她爸爸酷。

我打了个哈欠，又准备回去找周公爷爷聊天了，爸爸摇了摇我的小身子，哄了哄说："先别睡，来吧，先喝点奶。"

小静插话：

宝宝经常吃着奶就睡着了，或者含着安慰奶头睡着了，这时候别让宝宝含着乳头睡觉，虽然很多宝宝喜欢这样干，因为有安全感。因为含着奶头睡觉容易增加宝宝窒息的几率，还对牙床有压迫，容易影响以后的牙齿发育。含着奶头的宝宝一醒来就会习惯性地继续吸吮奶汁，这时候宝宝虽然醒过来了，肠胃还没有"醒"，立刻进食会造成宝宝的肠胃负担。

我想了想也对，还是吃饱饱地睡更有满足感，于是非常配合地让爸爸抱起来，我们一起去找老妈，唉，又要被抱来抱去，这样会影响我入睡的心情的，老爸如果也有奶就好了……

[小静关于宝宝睡眠几句话要说]

- **先来一句小静的抱怨：**

做人还是婴儿好，每日每夜睡到饱，不用早起去上班，还有爹娘跟着跑……

- **再来一句小静的祝福：**

宝贝们，享受一辈子中最幸福最长的睡眠时刻吧！

- **多来几句小静的叮嘱：**

TIP 1

由于每一个宝宝都是独一无二的，个体差异会使有的宝宝睡眠时间和科学统计有偏差，有的睡得少有的睡的差，但是只要睡眠质量好，睡得平稳舒适，没有异样的情况，宝宝的身体发育很健康，一般没有问题。

TIP 2

宝宝每天的睡眠时间应当是差不多的，入睡的时机也有一定的规律，比如经常在喝完奶后睡觉，晚上天黑就想睡觉之类的，要注意从一开始观察宝宝的睡眠规

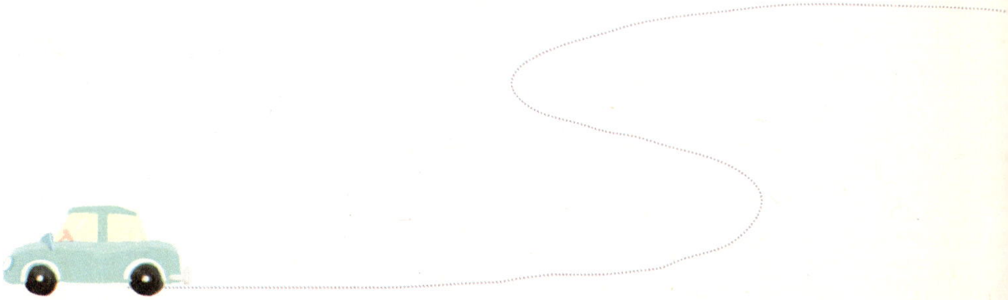

律。如果某天宝宝睡眠出现紊乱的话，可能饮食，环境，护理或者健康出现了问题，需要警惕。

TIP 3

要营造宝宝睡前舒适的氛围，睡前不要让宝宝做兴奋的活动，可以轻轻哼唱摇篮曲，或者播放轻柔的音乐，让宝宝感觉到你的陪伴，放松他的心情。如果抱在怀中轻轻摇动，会使宝宝入睡更快，但是抱着哄宝宝入睡要注意，等到宝宝进入到深度睡眠之后，再将宝宝放到床上，否则宝宝很容易被动作惊醒过来，此前你的入睡工作都白费了。

TIP 4

一周岁内的宝宝没有必要定时叫醒，进行喂养，宝宝饿了会自然醒，不用刻意将他从睡梦中捞起来。

6.按需哺乳，给宝宝最好的营养

养了小猫几个月，经过我的记录发现，小猫其实是个很乖的宝宝。

早晨五点醒来，也不哭也不吵闹，就睁着大眼睛四处看着，不过那时候天还没亮，小猫就在黑暗中耐心地等着妈妈醒过来，烦了就动动小手小脚。一般小猫醒了不一会儿，小静会以神奇的第六感，也醒过来，这时候给她喂上一遍奶，小猫含着吃饱了，再放一次水，然后又昏昏沉沉地睡过去。给小猫换完尿布之后，小静也抓紧时间来个回笼觉。

八九点钟小猫再醒过来的时候，就开始了一天的生活，什么时候饿什么时候吃奶。曾经我和小猫也妄图培养起小猫的生物钟，定时喂奶，不过效果不大。有时候到了定点，按计划要给小猫喂奶，但是小猫这时候还在呼呼大睡，我和小静两人对着睡着香甜的女儿，谁都不忍心伸手将她推醒。

最后，还是我担心小猫饿着，心中经过痛苦的权衡挣扎，将一双罪恶的扰人清梦的手伸向了小猫，把她抱起来送入小静的怀中。小猫被吵醒很不满地皱着小脸抗议，对着小静送过来的奶头也爱理不理，勉为其难地含着吸了两口，我和小猫眼睁睁地看着她的小嘴巴的吸吮动作慢慢减慢减弱，最后完全不动，原来又睡过去了。

刚开始定时喂奶的效果不好，于是我们只好举起了按需喂奶的大旗。按需喂奶顾名思义，便是宝宝什么时候饿了什么时候吃。小猫饿的时候，会眯起眼睛，诶诶地哭，声音很短很脆，这时候如果给她东西吃，她会很享受眯起小眼，小嘴动的吧唧吧唧，吃得可欢了。

如果是已经决定了要用母乳喂养的话，按需喂奶的话母亲是不是就要一直守在宝宝身边？我家小猫采用是按需喂养法则，那为啥小静又能回去工作呢？这中间还有点波折。

坐完月子之后，很多新妈妈会选择重新回到工作岗位拼搏，没有办法全天候地陪伴着宝宝，宝宝想吃奶的时候不在身边，似乎只能选择配方奶粉了。小静一方面她放心不下小猫，既然决定了用母乳喂养，那就应当负责到底，一方面她又舍不得她热爱的工作，全职妈妈不是小静的首选，我看着皱着眉头思索的小静，拍了拍她的肩膀："老婆，想回去上班就回去吧，实在不行我和岳母抱着小猫到你单位找你，送上门让你喂。"

小静摇了摇头，笑了笑，决定到："工作以后可以继续，小猫正在长身体的时候，不能轻慢，我还是呆在家里陪她吧。"母爱不愧是伟大的，小静坚定地选择了小猫。我虽然理解小静对她曾经工作的热爱，也只能为她的选择唏嘘感动，主动努力表现争取加薪，给她们娘儿两更好的生活！

不过山穷水复疑无路，柳暗花明又一村，正当小静做好了牺牲事业的准备之后，惊喜地发现小猫竟然在不知不觉之间，自行养出了吃奶的生物钟，早上八点钟醒过来之后，白天一般间隔三四个小时再吃一次奶。这样算来，小静早上上班前喂好小猫，中午和晚上下班的时候回来完全赶得上再喂小猫，中间即使小猫突然饿了，也可以补充点配方奶粉或者辅食。

原来我们家的小猫如此善解人意，高兴地小静吧唧地赏了一口香吻给她。就这样小静雄纠纠气昂昂地回到了工作岗位，她手下那堆人因为女王回归而哀嚎的时候，我正暗自神伤，这下我加薪的压力更大了，目前我的工资额和小静的工资额相差无几，说不定哪天小静的业绩一上去，便会蹭蹭蹭地超过了我，作为一个男人，赚得如果都没有老婆多，该多丢面子啊……

[大熊血泪箴言之按需喂养篇]

TIP 1

喂养宝宝是一个技术活，怎么样给宝宝最好的营养，别让宝宝饿着了，诀窍是按需喂奶。虽然定时喂奶有助于养成生物钟，但是由于新扎爸妈不了解宝宝的身体情况，不能感同身受地了解到是饿了还是渴了，而且由于宝宝的体质不同身体状况不同，前一顿什么时候能消化完也不知道，有的时候即使定时将宝宝叫起来，宝宝没有进食的欲望，也吃不了多少东西，反而打扰了睡眠。

TIP 2

按需哺乳是传统来说最方便，最适应自然规律和宝宝身体的一种哺乳方式。对于前四个月的新生宝宝，尤其应当完全遵循按需喂奶的原则，宝宝饿了会自己醒过来，这时候只要将奶头送到他嘴边，他就会自己吃饱，这就是人类婴儿的本能。到了四个月之后，宝宝会自然而然地形成进食的生物钟，一般是三到四个小时要求哺乳一次。

TIP 3

宝宝在白天需要哺乳，晚上的话由于饥饿，也会需要哺乳，夜奶的喂法有诀窍，要给宝宝养成良好的夜间进食习惯，这样才能大幅度降低新扎爸妈带孩子的辛苦程度，毕竟一个晚上爬起来喂孩子很多次，是很艰巨的任务。

● **四个月前**，新生宝宝遵循着按需喂养的原则，晚上感到饥饿想要进食的时候，要对他进行哺乳，这时候喂夜奶是正确的。

● **四个月后**，就要开始慢慢培养起宝宝戒掉夜奶。晚上宝宝处于睡眠之中，身体消耗较少，不需要特别的进食，除了有能减轻大人的负担的好处之外，还能让宝宝安稳睡觉，防止肥胖和龋齿。戒掉四个月以上的宝宝夜奶可以采用这几招大熊秘籍！

1. 慢慢减少，温水煮青蛙，偷偷减喂一顿夜奶，把三顿减到两顿，再从两顿减到一顿，最后不给了，用循序渐进的方式让宝宝慢慢适应。

2. 晚餐最后一顿吃饱，可以迟一些喂，比如在晚上十点的时候喂最后一顿奶，喂多一点，然后哄宝宝睡觉。也可以喂一些热量高的辅食，比如蛋黄等食物，提供给宝宝足够的能量，晚上也不容易有饿感。

3. 要忍得下心看宝宝哭闹。刚开始戒掉夜奶的时候，宝宝很可能会哭闹抗议，这时候就要拿出家长的风范，坚持住自己的立场，不要宝宝一哭你就投降，学会安抚他，实在不行，塞给他一个安慰奶嘴或者喂一点水。要让宝宝知道哭也是没有夜奶吃的，宝宝一旦知道哭闹是没有效果的，就会安静下来接受现实……

7.婴儿体操做起来！

婴儿体操有助于宝宝的身体发育，骨骼锻炼，灵活关节，对于前六个月还不能自由运动的宝宝来说，做的体操叫做婴儿被动体操，后六个月宝宝能移动自己的身体之后，可以做婴儿主动体操，不过不论被动还是主动体操，都需要新扎父母的帮忙看护哟。

下午四点多，我家的小窗户里飘出梁祝的化蝶。那潺潺的旋律沿着空气流淌出去，好像连风都灵动了起来。第一天，你可能以为我文艺青年的毛病又犯了，放些传统的歌曲来娱乐一下身心，以示姿态的高雅和深度。第二天，你觉得我可能想学这首歌了，所以又放了一遍，心中对我进行鄙视，梁祝这种名曲还用得着放着学。第三天，你会觉得奇怪，有人天天听梁祝的么？还是雷打不动地下午四点半放，是要化蝶啊还是怎么地？

其实不是，正解是我家的小猫正在做体操。

伴随音乐，我一边口中给她喊着拍子，一二三四五六七八，一边动动她的小手动动她的小脚。为什么选用化蝶这个音乐？没办法小猫喜欢嘛，那悠扬的前奏出来的时候，小猫立刻会眨巴着眼睛扭动着身子，好像迫不及待要跟着音乐翩翩起舞。我和小静都赞，这娃儿以后肯定是个有古典气质的美女！

有时候兴致上来，我把节奏拍子改成英文，“one，two ，three，and four！”小猫就会踢踢腿动动脚，一脸懵懂地看着我，好像完全没有感觉，简直要问“爸爸你在说什么了？”。我心中哀叹，小猫对英语这么迟钝，怕是以后英语也学不好，四六级堪忧啊……小静一巴掌拍过来，说我乌鸦嘴，并且坚决相信是因为我发音太差的原因。

做体操的时候，我两只手分别先扶着小猫的头部两边，看左边，看右边，看上边，看下边，先替她活动活动脖子，这时候小猫就会扑闪着大眼睛看着我，一脸天真无辜。等我抓起她的手腕，开始交叉扩胸运动的时候，小猫会兴奋地蹬腿，嗯哈地笑得十分开心，我忍不住夸道：“看，小猫的动作多标准，来，两手交叉，多像奥特曼啊，激光发射！”

小猫回应我的是兴奋地蹬腿，一蹬踹到我的腰，力道虽然不大，也让我感受了一把被爱女撞了一下腰的幸福感觉。小静在一边笑意吟吟地看着我和小猫嬉闹，傍晚的阳光照进窗户来，映出温馨的家庭画面。

我的宝宝，从小开始，你就会有健康的躯体，而健康才是最重要的东西，希望你的一辈子平安，能在一周岁内就打好坚实的基础。相信爸爸、妈妈将会用最用心的心，最温暖的吻，最努力的努力，来呵护你长大，无论付出什么代价，也要让你在这个世界上感到欢乐安宁。

[大熊幸福箴言之婴儿体操做起来！]

做婴儿体操的时候，可以放一些配套的音乐，音乐最好统一，不要经常更换，同样的音乐有助于培养宝宝的条件反射，只要前奏一出来，宝宝就能有“诶，要开始做体操了？”的觉悟。音乐的选用可以选取专门的婴儿体操音乐，也可以选用莫扎特等轻柔的名曲。播放的音量不用太大，只要适当就好。

体操课开始了

两个月到六个月，**被动体操**做起来！让宝宝仰面放松躺在床上，轻轻浑身按摩宝宝的肌肉，让他全身放松。主要步骤如下，都做两个八拍：

● 第一节，头部运动。扶着宝宝的头，轻轻左右，上下转动，幅度不要太大。只要活动到宝宝的脖子就可以了。

● 第二节，扩胸运动。轻轻握着宝宝的手腕，牵引他的手臂在胸前交叉，打开。动作轻柔切忌过猛。

● 第三节，伸展运动。将宝宝的手臂拉伸直，使手臂和胸口呈现直角，然后缓缓往头部按下，再缓缓原动作收回，重复两个八拍。

● 第四节，屈腿运动。扶着宝宝的膝盖，让他的两条腿同时弯曲起来，然后将宝宝的腿压至腹部，再复原。

● 第五节，举腿运动。依旧扶着宝宝的膝盖，尽量让宝宝的腿伸直，然后让宝宝的腿举起来，尽量和腹部成直角，要保持宝宝的臀部在床上。

● 第六节，整理运动。轻轻捏按，抖动宝宝的双手双脚，让肌肉放松下来。

六个月之后，因为宝宝自己活动的能力增强了，在被动体操的基础之上，可以加上一些**主动体操**。

● 跳跃运动。双手扶着宝宝的腋下，让宝宝站立起来，宝宝会自己做出蹬脚的动作，或者可以家长使用力气协助宝宝，让他做出上下蹬跳的动作。

● 十个月以上的宝宝，可以做一些简单的自由活动，比如在家长的协助下弯腰，下蹲等。

课程注意

● 婴儿体操比较适合2个月龄以上的孩子，2个月以下的新生儿我们不接收！

● 上课前不要进食时或者饥饿空腹，无论空腹还是饱腹运动对身体都不好，一般在进食一小时后进行比较适宜。

● 上课前家长尽量先给宝宝把下尿，排空宝宝肚子中的尿液。

● 家长动作要轻柔，不要暴力，耐心地引导宝宝，如果宝宝抗拒，可以等他肌肉放松后再继续。

8.防止小儿夜哭的秘籍

其实养育孩子是一件很辛苦的事情。

生育一个宝宝，把宝宝带到这个世界上容易，不容易的是怎样好好照顾宝宝，让他或者她在这个世界幸福快乐地成长，这是一场责任心的考验战。当一个小生命呱呱落地，你和爱人再也没有以往的二人世界，每天下班之后的夜生活都要推掉，急急忙忙地回家照顾宝宝。周末休息的惬意时光，本来应当和老婆逛逛公园、商场，或者赖一次床，现在却要淹没在尿布的海洋当中……简直就是翻天覆地的变化。

如果宝宝乖巧、容易照顾的话，那么恭喜你，这简直比中了彩票还实用。如果宝宝喜欢折腾，那么你需要付出的精力就更多了。

我咨询过身边的父母，都众口一词地认为，宝宝白天怎么闹都没关系，最担心的是宝宝晚上哭闹。在寂静的深夜里，突然一声高亢的哇哇声，直冲入耳膜，似乎能惊醒一整栋楼。没办法，婴儿的哭声就是很有穿透力，这是进化来的本能，能够最快程度引起家长的注意力。然后新扎爸妈就得睡眼惺忪地起来抱孩子，奶孩子，折腾一通好不容易宝宝安静下来了，还没安心再打一会儿的盹，哇~又哭了……

好不容易熬到天亮，顶着两个黑眼圈像国宝熊猫一样去上班了，宝宝哭闹次数多了，还得和左邻右舍道个歉打个招呼："我家有个夜哭郎，您晚上包涵则个，多谢多谢。"

小猫刚回家的时候，夜晚还没出现天怒人怨的夜哭现象的时候，岳母就搞起封建迷信了。她老人家好不容易去书画店才买到了红纸，买回来还数落了我一通，直说我选的小区怎么连个卖红纸的地儿都难找，哎哟岳母大人啊，您不知道现在又不是过春节需要红纸写春联，哪儿有小店卖这个的啊。

岳母训了我一顿之后心满意足地摊开红纸，拿毛笔沾了沾墨水，开始龙飞凤舞起来。

"岳母大人，看不出您还会书法呢？"我好奇地凑上前去，之间通红的纸面上几个蛇爬似的大字，写的是：天惶惶，地惶惶，我家有个夜哭郎，过往行人念三遍，一觉睡到大天亮。

岳母写几张一模一样的小纸条，全都塞给我，命令道："走，到小区或路边找几个电线杆贴上它。"我满脸黑线地抖了抖这墨迹未干的纸条，**囧**道："不会吧，岳母大人，现在还要干这样的封建迷信？有用么？"

岳母大人气得想把纸条摔我脸上，顺了半天气才说："老一辈传下来的法子，用用也无妨，总比你家小猫天天大半夜哭的好，到时候我可不起来，你自己起来照顾。"

我想了想，在被岳母大人嫌弃和在被城管当成刷小广告两者之间，我还是选择后者吧，我家老婆大人是女王，岳母大人更是太上皇，得罪不起忤逆不得。于是我灰溜溜地抱上岳母大人的丹青书法，拎了桶胶水到外头刷小广告了。

将这红色的纸条刷到路边的墙壁，电线杆子上，好像有点影响市容……我心中不由惭愧，但是这是用普通胶水粘的，一下雨估计就能冲掉，而且我贴的也不是特别显眼的地方，比那些小广告们良好多了，我一边刷着，一边安慰着自己……

这个小儿夜哭条是老一辈的说法，传说只要把这个贴在人流量大的地方，过往行人念三遍，家中的小儿就不会夜哭。听起来玄而又玄，不过试试也无妨，如果小猫因此不哭了，倒是省了不少事儿。

宝宝良好的睡眠应当是安静的，夜哭不仅使宝宝睡眠不安稳，最重要的是大人更是跟着受罪，大大加深了带宝宝的辛苦程度，所以要尽量防止宝宝夜哭。

除了我岳母提供的不知道靠谱与否的老一辈们的玄之又玄的“小儿夜哭条”方法之外，大熊我也搜集了一些科学的方式，也许会对某家的夜哭郎有效果。

[大熊血泪箴言之如何防夜哭]

宝宝夜哭分为**病理性夜哭**和**生理性夜哭**，病理性的夜哭顾名思义就是因为生病了才哭，这就要请教医生高人，确定宝宝是由于什么样的原因夜哭，有因为长牙的，因为感冒发热，因为肠胃不舒服等，应该在医生的指导下合理用药。生理性夜哭则是指因为太热太冷饥饿嘈杂等原因引起的，对付这个敌人的秘籍有：

TIP 1

准备舒适的被子，舒适的床，安静的卧室。被子太厚或者太薄，都会让宝宝化身夜哭郎，床上不要有东西咯着宝宝，卧室中保持安静，不要有噪音。

TIP 2

睡前要让宝宝吃饱，饥饿会让宝宝在半夜哭闹，而且常常比较定时，应当注意搜集宝宝哭闹的时间间隔，在哭之前挠挠宝宝脚心让他醒过来吃食。宝宝睡前餐要注意不要摄入太多的水，拒绝比较难消化的辅食品种。

TIP 3

别让宝宝憋尿，要定时把尿，如果宝宝尿床了，也要立刻换上干净的尿布床单。

TIP 4

不要让宝宝染上昼夜颠倒的坏习惯，白天呼呼大睡，晚上精神百倍，宝宝不是夜猫子，这样紊乱生理钟会影响身体发育。所以白天不能让宝宝一直睡觉，宝宝醒着的时候应当带宝宝活动一下，和他游戏玩耍一下。养成良好的作息习惯要从小抓起。

TIP 5

爱抚宝宝，别让宝宝患上皮肤饥渴症，晚上睡觉的时候可以抚摸着宝宝的胸口，手臂，小手，给予他有安全感的爱抚。

第5章

老婆很辛苦，卫生护理的事就交给老公吧

1.换尿布，是门高深的学问

荧幕上的大牌女明星个个生了宝宝以后，照样逛街SHOPING，拎着婴儿蓝，那叫一个潮。现在年轻妈妈都愿意自己变成一名辣妈，希望十指不沾阳春水地把孩子养大，必须优雅，必须时尚，必须怎么看都不费劲。当小静一步一步朝着这个趋势前进的时候，我不得不说每个辣妈潮人的背后总会有一个朴实无华和屎尿打交道的男人，这个人就是我黄大熊。

凡事都要经过挫折与修炼，才能进入到另一个境界。由于我当初坚持用棉布尿布，所以这一系列后果都需要我承担。当一家三口出门的时候，你会看到一个衣着简洁的的女子戴墨镜，左手挎着精致的名牌包，右手挽着一个形象极其不相称的男子。他的手里提着一个硕大的婴儿提篮，肩上背着巨型的疑似旅行包物体。不管是到了谁家，呈现虚弱状的一定是我。但是，被赞赏的一般也是我，每次去岳母家吃饭，她都是说："大熊啊，以前我可是不服人的，现在看你这换尿布的手法，我可是要甘拜下风啦！"我当然也需要做出姿态："您可是过奖了，都是我老婆您女儿的功劳，她总是给我鼓励，我才能这么训练有素的。"这时小静应当相当有女王的感觉吧，看着自己座下的101忠狗必须相当满意。

姿势！姿势很重要！换尿布时应当让宝宝采用仰卧姿势。

● 第一步，取出脏尿布。从宝宝正面取出尿布的前端，再轻轻提起宝宝的双脚，把尿布的后半部分也抽出来。如果有大便的话，就用温热的毛巾或是湿纸巾把屁股彻底擦干净吧。

● 第二步，换上新尿布。把尿布的两个对角向中间折一下，托住宝宝的腰部，把尿布中间的位置放在宝宝臀部下方，再折回来，然后固定住尿布。

最初的那几次，要在公众面前给小猫换尿布难免有些紧张的事情，万众瞩目的感觉的确有一些让人手足无措。由于过度的紧张，忽略了小猫姑娘正常的生理需求，当我在她拉了粑粑，做完了一切清理工作后，把她抱了起来，可是下半身还没包尿布，这位姑奶奶小嘴一咧，又拉出一小截粑粑。我当时只感到一阵温热，然后没来由地脸红了。这件事情从此被小静当做笑话讲给无数的新朋旧友，我非常阳光地认为这是让别人了解我是一个负责且细心地男人，不丢人，真的。

介于小静采取消极的不管不理政策，在换尿布这件事情上我需要也只能争取到小猫一个人的配合了。虽然小静不上手，但是嘴上却是一点儿也没饶了我，从我第一次换尿布就开始教训我，“你是着了哪门子急啊亲爱的，你这么强行把小猫摇醒折腾换尿布她会吓到，我们都最讨厌有人在睡觉的时候被打扰了！”

“是，老婆大人，我轻轻挠醒她，再逗她开心，还有何吩咐？”

小静非常认真地想了一下，“这个时候我不在场的话，禁止你用任何行为贿赂小猫，离间母女关系。”

这个嘛，我心里就开始偷笑了，亲子课上说的清清楚楚，这可是和宝宝套近乎的大好机会，策反这种事情我干不干得出来就很难说了。女儿只能是妈妈的贴心小棉袄吗？我家小猫日后很可能就是我大熊的贴心小棉袄了，这么多换尿布的日日夜夜俺不是白熬的啊！

大熊偷偷告诉你：

爱抚他了吗？试试吧！这会让他更配合你。从开始换尿布到结束，都请父母记得给你的宝宝亲密的爱抚和亲吻，这会使宝宝觉得安全，愉悦。一定要利用这个亲密接触的机会多和宝宝交流，这样他会和你更加亲近。

[小静的后勤支持之换尿布篇]

换尿布时应当让宝宝采用仰卧姿势

↓

从宝宝正面取出尿布的前端

↓

轻轻提起宝宝的双脚，抽出尿布的后半部分

↓

用温热的毛巾或是湿纸巾擦干宝宝的屁股

↓

把新尿布对折一下，放在宝宝臀部下方

↓

固定住尿布

虽然没有亲自动手，但是我这个当妈妈的可是把事前预备工作做得好好的呢！老公能够主动包揽这个苦差事，出于平等原则我决定也发挥点儿余热。

TIP 1

是的，凡事都有第一次，便便也需要特别留意！一般，宝宝出生后二十四小时之内会排出胎便，父母需要在每次换尿布的时候留意观察下。如果超过时间没有胎便排出，就需要检查是否有消化道畸形。

TIP 2

尿布应当勤换洗，为了避免宝宝臀部皮肤受到刺激，应当2–3个小时观察一次尿布。

TIP 3

不想手忙脚乱，那就做个事前诸葛吧。换尿布之前，你要保证干净的尿布，尿布桶、湿毛巾和或是柔肤湿巾都在手边。记得湿毛巾不要温度太低，最好泡在温水里备用。

TIP 4

还在用松紧带固定尿布？会觉得没有用是吗？试试给宝宝穿上包屁股的三角哈衣吧。毕竟纯棉的布料最透气，不会闷到宝宝的小屁屁。

TIP 5

尿布不要包得太紧，会闷到宝宝娇嫩敏感的皮肤，同时也不方便宝宝活动。胯裆间的大小也要合适宝宝的身型，才不会影响宝宝的腿部活动。

TIP 6

尿布的薄厚位置因性别而异，女宝宝的尿布应当中间部分比较厚，男宝宝的尿布应当前面部分比较厚。同时不要让尿布的高度超过肚脐，以免造成感染。

2.尿布疹，退散！

“老婆，我好怀念温柔的你……”

犯了错误的我可怜巴巴地趴在床头，希望回忆往昔能让老婆回心转意，后果就是一记掌刀顺势劈向我的脑袋，然后是小静半睡半醒的声音：“不用，别吵。”

“那老婆我可以睡觉了吧？”趁她意识比较混沌的时候，我也许可以浑水摸鱼爬上床，逃过今天没床睡的厄运。

“不可以，你是凶手，需要惩罚。”我刚从另一侧试图钻进被子，就被小静翻身一脚踹了下去。我委屈地瘪着嘴，自行找褥子去打地铺吧还是，再看一眼那张晾满尿布的沙发，顿时倍感凄凉。

之所以遭受到这么严苛的对待，是因为我犯下了一个不可饶恕的错误，做了对不起小猫的事情，小静说我不是一个好爸爸，需要反省自身存在的严重问题。

就此你推理我出现了生活作风问题？可笑！我大熊可不是这种人，人家都很乖的，除了昨天没来的及好好处理小猫姑娘的尿布，让她出了一屁股的尿布疹，其他事情上我都表现优秀啊：勤劳得做家务，尽心地服侍妻女，贤惠地孝敬父母……现在我已经要尽量弥补这件事情。

本来想要再幽怨一下的，看看闹钟，发现等会儿又得起来检查小猫的尿布了，还是抓紧时间睡会儿吧。

这年头，没文化多害人啊！当初小猫开始出疹子的时候，我以为是湿疹，就拿药膏随便一涂，觉得过一夜应该好了。谁知道，第二天小猫姑娘看起来有更痛苦的迹象，给她换尿布的时候发现，屁屁上的那片儿红疹更大了。这下，小静就跟我撒开了泼，坚定地要求我求医问药，并且时不时的进行对我进行谴责。我带着愧疚之情，开始对自己的医学知识进行填鸭式的补充，从而得出一个结论，小猫患上了尿布疹。

> 大熊的尿布疹知识扫盲：
>
> 宝宝出现这种情况的时候，尿布爸爸千万不要掉以轻心，是尿布疹来侵扰宝宝了。
>
> ● 宝宝身上尿布覆盖的地方出现小红点，严重时会变成片状红斑，出现破溃或是糜烂
>
> ● 宝宝开始坐立不安，无故的苦恼，这时应该进行检查
>
> ● 尿布疹分为单纯刺激性（过敏性尿布疹）、炎性皮疹、真菌感染性皮疹和细菌感染性皮疹，最后一种最常见的。

一向负责尿布的我这次难逃其咎了！小猫的痛苦和老婆的冷脸让我着实心痛了好几天。不过现在我绝不会再纵容那些尿布疹了，请了一天假，我就呆在小猫身边接屎端尿了，尿布索性不用。给她擦屁股擦得都格外细心。但小猫显得相当开心，可怜是我一刻都不敢放松警惕，要不然换下来的那堆床单衣服什么的估计够我好洗。事后证明，我这么做是相当极端的做法，其实勤换尿布就行了，没有经验果然容易变成惊弓之鸟啊。

在我的守护之下，恶灵尿布疹是无路可退的，只能选择退散。今天晚上，我终于能回到柔软的床上，抱着软软的老婆睡个大美觉了。果然，先苦后甜。

大熊和小静的护理心得：

尿布疹不严重的时候及时用药就可以解决，在患病部位涂上防护的植物油或者凡士林。也可以依医生指导，用鞣酸软膏、护臀霜涂抹。如果一周以后病情没有好转，或是病情加重，出现溃疡或丘疹、发烧、皮疹扩散、渗出脓性或黄色液体等情况，一定要带宝宝到医院就医。

[大熊血泪箴言之尿布疹防治篇]

TIP 1

尿尿并不是屁屁上皮肤最大的敌人，父母更要警惕便便，因为其中含有刺激性物质，同时里面的细菌会和尿液发生反应，使尿布的环境变为碱性，很可能造成严重的尿布疹。一旦宝宝便便了，爸爸妈妈要注意及时更换尿布，避免产生尿布疹。

TIP 2

清洗尿布时选用的清洁剂可能也是导致尿布疹的罪犯质疑。宝宝敏感的肌肤也许会对尿布上残留的清洁剂过敏，所以在清洗尿布时，务必要用清水把尿布洗涤干净，再用开水煮烫，放在阳光下晒干杀菌。

TIP 3

尽量在白天使用纯棉尿布，虽然纸尿布省事，而且较为吸水，但是封闭的环境也容易使皮肤的PH值增加。使用纸尿布的时候，选择稍宽松点的，父母也不要偷懒，注意及时更换，这样就可以减少尿布疹产生的几率。

TIP 4

婴儿就一定要依赖尿布吗？不妨勤把尿，养成宝宝良好的大小便习惯。

TIP 5

不小心出现了臀红的时候，说明宝宝已经患上了尿布疹，这时就要让臀部尽量暴漏在空气中了，用湿布擦干屁屁后就让它自然风干吧，不要过于用力擦拭，会造成对皮肤的二次刺激。

TIP 6

洗尿布也有小技巧，大熊建议在最后冲洗的时候加一些醋，中和下PH值，使宝宝的屁屁有个温和的环境。

小静给妈妈们的话：

预防尿布疹有个从源头治理的方法，就是尽量用母乳喂养，这样产生的粪便刺激性相对会小一些。同时，在给宝宝换新食物的时候也要格外注意观察宝宝的屁屁是不是有反应，如果有的话可能说明宝宝对此种食物过敏，以后都要戒掉它了。

3.帮宝宝处理排泄物

风水轮流转。我黄大熊要出差了，作为一个十三孝的老公兼老爸，心中难免会不停地操心。小静，小猫托付给你了，尿布托付给你了，那些大小便也一并托付给你了，也许你会非常的痛苦，但关上家门的那一刹那，我不得不小邪恶地念叨一下："亲爱的，体验下生活也不错哦！"

出差的第一天，我集中精力工作以外的时间都在和小静煲电话粥，完全展示了伉俪情深的一面。当第二天我继续绷紧神经，等待随时待命接电话的时候，小静却一个电话也没有了。到了晚上，我可坐不住了，别这两位给我闹出点儿什么事儿，可就要了我的小命了。

电话一拨过去，小静无比温柔的声音把我吓得虎躯一震，"老公……工作忙吗？要好好注意身体呢！千万不要担心我们，不要熬夜，如果饿了，自己找点夜宵吃，累了就早点休息。爱你哦，再见啦。"

听着对面嘟嘟的电话声，我有点儿发蒙了，唱的哪出儿呢这是？

回到家看到的俨然是一副其乐融融的场景，我不得不说，女人的确是天生的母亲。我曾经花了好久时间，做了无数的心理建设才克服了面对粑粑时的心理障碍，就这么两天，她真的适应了？

这次，换到我继续献殷勤了："老婆，你累着了吧这两天？我来帮你？""嗯，好，你帮我把那边儿的小碗儿端过来吧亲爱的。""我……好的……"她这是受了什么刺激吗？

"以前你清便便的时候有没有认真仔细地观察？"老婆柔软的头发蹭在我的胸口痒痒的，哪里还有心思认真地想她问了什么问题。

“我……”我当然没有，换尿布在清理便便这种事情我都讲究速战速决，现在我已经不断突破自己的记录，那个心情和干劲和刘翔一样一样的。不过话说小静这是在给我下套儿还是向我示好呢？我还是保持点清醒的好，看她要把我往哪儿带。

“今儿我仔细看了下，原来给宝宝换尿布，除了后面要擦干净，前面也要注意。以后我们给宝宝擦屁屁可以从前往后面擦，是不是亲爱的？”这姑娘洗了澡以后也是香气袭人啊，这会儿灯光一昏暗，又多了点儿明眸皓齿的意思，现在还冲我撒娇邀功呢，看来我大熊的地位是要发生点儿飞跃了。

“当然啦，您向来英明！”在领导宣布决定之前，我的恭维还是要到位的，不能翘尾巴，要戒骄戒躁。但是我心里已经开始琢磨，是不是女人和宝宝相处多了以后母性光辉会过剩，然后出现一种非常异于常日的态度。

“大熊，以后你不能拿洗尿布来要挟我了，并且，我是你的升级版哦。看到小静这么干净的脑袋，小鼻子眼睛，都是你老婆我的功劳！现在有没有点儿要把我当偶像的冲动，我可是有天资的。”

“那是，老婆您威武又聪慧啊。”我一边给小静大人捶背一边拍着马屁，暗想这是要接手我工作的意思？

“所以呢，这么能够给人带来成就感的工作，老公你来做最合适了呢！睡吧，明儿还有艰巨的任务等你呢亲爱的。我一直都看好你哦！刚才给你提了点儿工作中的不足，好好改进哦。”就这样我可怜的大脑袋被拍了那么两下，算是做了会议总结了。

好家伙，这枕边风又把苦活给我吹回来了，当做我天生想不开好了，谁让老婆和女儿都是我的女王，乖乖当我的幸福小仆人吧，听老婆的话，在工作中不断学习和进步才是我该想的事情。

小静的私房话：

因为生理构造的特殊性，有的时候女宝宝会出现大便跑到阴道那里的情况。这就要求各位爹地妈咪有技巧地为她清理便便了。最提倡的做法是用温水从前往后冲洗会阴，记得冲洗干净阴唇里可能有的脏便便。

[小静巧手消灭排泄物篇]

TIP 1

尿布上的大便先用清水冲掉，再用清洁剂把它洗干净。这里建议使用婴儿专用洗衣液，如果没有的话肥皂也可以。

TIP 2

屁股是人身上最娇贵的地方了，所以宝宝绝不会接受你拿硬硬的干布或是粗糙的纸来帮他擦屁股。这个时候，父母们就要机灵点，上心点，准备个湿纸巾，沾点温水，在宝宝大便的空隙间给他擦干净屁屁。这样宝宝既能保持屁屁的清爽，又能享受到你的五星级服务，就不会再抗拒擦屁股啦！

TIP 3

盛放宝宝排泄物的器具需要及时清理。近年来，手足口病屡见发生，为了避免感染，把排泄物清理掉后，应当用有效氯500mg/L的消毒液浸泡至少30分钟。

TIP 4

宝宝排泄物通常是指小便和粑粑，但是同时还有其他分泌物也需要爸妈警惕，如宝宝的头垢，耳鼻的分泌物。这些都是在给宝宝做清洁时需要留意清理的对象。

其他需清理对象	清理方法
头垢	先把宝宝的头部淋湿，然后擦一些橄榄油或是婴儿油，停留一些时间，使头垢软化后用柔软的刷子刷松头垢。再用婴儿洗发水再次清洁后，冲洗干净就可以了。
眼屎	用棉签蘸温开水或是淡盐水后，轻轻地在宝宝眼周擦拭。但是新生儿的眼睛上那层灰白色物质不能擦掉，它是“胎脂”，具有保护皮肤、防止散热的功能。
耳屎	耳部是不能随便掏的，没有经验的父母很容易会损伤到宝宝娇嫩的耳朵，如果因此导致受伤或发炎，可能会给孩子造成一生的遗憾。

4.奶瓶！一定要消毒！

周末咯！小静这个兴奋激动撒野啊，开始各种约人，电话抱在手里整得自己跟一只袋鼠似的。

“栗子，周末咱来个家庭聚会吧，让老公们带孩子我们俩好好聊天吹水怎么样？我想死你了！” 这会儿小静是恢复了以前小丫头的精神头儿了，说话都不带喘气的。

不过二十秒以后，立马又变成了泄气皮球，眉头也皱了起来；“不行啊，严重吗？” “什么？就你一个人在家？这样吧，我周末把小猫送到我妈家，我跟大熊去你家一起帮忙，就这么定了，不答应我可跟你急。拜拜了，明儿见！”

看我老婆这暴脾气，帮忙都带威胁的，爱死这样的大女人了。

“静儿，栗子家什么情况啊？”

“姑娘生病了，她老公出差了，怎么样啊，明儿跟我一起去奉献一把？”

“老婆大人开口，我必须给您长脸啊！” 想到我老婆这么善良我就又感动了。

这个周末我们三个人就围着栗子生病的姑娘转悠了，孩子是肠胃炎，还带发烧，栗子医院家里的一个人忙活，折腾地自己瘦了一圈儿。问了以后才知道，医生说可能是因为奶瓶消毒不彻底，里面培养出了细菌，才这样儿的。上次见面能吃能喝的胖姑娘这会儿也蔫儿吧了，不想吃了，大眼睛里的神采也不见了，看得我和小静都揪心，更别提她亲妈了。

栗子事件给的教训：

奶类食品营养丰富，暴露在空气中后极其容易变质，产生的细菌会严重威胁到免疫力低下的婴儿，所以，在宝宝出生后的前4个月，消毒工作必须到位。否则，宝宝的肠胃就会给你拉响警报。

小静在栗子家忙着也不忘惦记小猫，担心老两口光记着节省，不记着奶粉喝不完必须倒不能放，一会儿一个电话的提醒。还一直念叨回去要好好给小猫的餐具彻底消毒。

不过不得不承认，正是这些清洁上的小细节，决定了你是否真的给宝宝提供了一个安全的环境。宝宝脆弱的身体真的容不得任何的小粗心和懒惰。

[大熊血泪箴言之奶瓶消毒篇]

消毒方法	注意事项
使用消毒柜里的臭氧消毒室进行消毒	奶瓶清洗的重点死角部位是：底部、瓶颈、螺旋处、奶嘴。毛刷之类的东西这时候就能派上用场了，工欲善其事必先利其器，准备点儿小工具在手边，不用到时候用的时候干着急了。
用有效氯250mg/L的消毒液泡三十分钟	浸泡完毕以后一定要冲洗干净，不要残留在奶瓶中
使用微波炉专用的奶粉消毒锅进行加热消毒	具体操作按照使用说明进行
高温蒸汽或是水煮，这是比较常见和方便的方法。水煮的方法要准备专用的不锈钢锅，放足够覆盖奶瓶的冷水，盖上锅盖，把水烧开，沸腾3-5分钟后取出，放在通风处沥干。而蒸气锅既可以选用电动的，也可以用传统蒸馒头一样的方法，需要注意的是，上蒸汽之前，要把需消毒的器具清洗干净。	一定不要把塑料奶瓶放置在高温环境下消毒。这样做的后果是。塑料奶瓶经过高温，产生环境荷尔蒙，会损害宝宝的身体健康。
奶嘴质地和奶瓶不一样，所以应当单独清洗消毒。正确的做法是把盐撒进奶嘴里，然后充分的揉搓，力求通过摩擦清理掉所有的奶垢。至于吸孔处可以用消了毒的细针来清洁。	消毒后放置超过二十四个小时的奶瓶，在使用之前还应当再进行一次消毒，以免滋生细菌。一天用的奶瓶可以先清洗干净，然后晚上一起消毒，更加方便，这就要求妈妈多准备几个奶瓶备用的啦。

5.帮宝宝洗呀洗呀洗澡澡

当初我跟小静有分工，我负责脏乱差的部分，小静就负责智力开发这些高端的事宜。洗澡这种事我就义不容辞了。刚开始学着怎么给小猫洗澡的时候，我面对着一大堆的洗浴用品都犯愁了。我一个大老爷们儿，再讲究洗发水和沐浴露就搞定了，多出来的部分我绝对不会操心的。现在可不同了，宝宝洗澡，要求每件事都要在心里有数，水的温度，房间温度，洗澡的工具，护肤的物品，玩乐的玩具，什么东西都得事先预备好，可是让我大长见识了。

今天中午，看看天气不错，阳光灿烂的，刚好给小猫洗个澡，让她舒服一下。这边儿刚准备好东西，那边儿领导的夺命催魂call就来了，“小黄啊，让你准备的文件啊，一个小时后发给我吧，时间变动了，得提前要，休息时间辛苦你了！”

“没事儿没事儿，我准时给您发过去。”看见了吧，生活的压力就在于你以为自己是八小时工作制，却做着二十四小时全年无休的长工，领导决定了你的生活节奏。

这事儿刻不容缓，反正现在小猫的身子没那么软了，可以把洗澡的工作偶尔那么一两次交给小静大人，反正我就在书房，有事的时候随时等待召唤。小静正在闲着上网呢，一听今儿让她给小猫洗澡，这新鲜劲儿又上来了。

“熊，你去忙吧，我泡个茶，马上好！”

“什么？”这会儿我又有点儿困惑了。

“人家都说了，给宝宝洗澡是个大工程，妈妈呢要尽可能地放松自己。我现在正在做准备工作，您老千万别管我，忙你的吧亲爱的。”小静这个愉悦啊，原来是假公济私了。让她忙活吧，我快点儿赶完稿子才是正经事儿。

小静说：不但妈妈要调整好心情，还要照顾宝宝心情。浴室环境美了，宝宝的心情也会跟着美起来。

● 室温要保持在27–29摄氏度，新生儿需要的室温略高，室温不达标的话可以借助电器升温，或者是提前放热水，增加室温。

● 浴室灯光需要柔和一些，不要刺激到宝宝的眼睛。

● 浴室不要有对流风，容易让宝宝感冒着凉。

● 有轻柔的音乐就更完美了，没有音乐的话，父母就和宝宝聊个天吧，增进亲子间的亲密感。

这边儿我快马加鞭地敲着字，那边儿人家又是泡茶又是听音乐的，正享受得不亦乐乎呢，还假模假样儿地把小猫放在旁边儿，聊着天儿，我完全能够想象外面的情形。小静说："小猫，妈妈等下给你洗澡开心吗？"小猫沉默，小静自己接上："我就知道宝贝儿最喜欢妈妈了。等下要脱光光不要害羞哦！"小猫继续沉默，小静做忧郁状："你老爸给你洗澡的时候你可是很开心呢，莫非你更喜欢大熊那个臭男人？"小猫周而复始地沉默，也许是眨了下眼睛或者笑了一下，小静马上欢欣了："就是，我还是知道小猫最爱妈妈了！"有的时候，我强悍的老婆天真可爱得让我有些头痛呢。

小静有理说：

为了保证速度，洗澡前应该准备好所有的洗浴用品和洗浴工具。新生儿不可以全身浸水，应当分部位擦拭或者清洗，等孩子的身子骨硬了一些，就能放进浴盆里了，但是还是要注意做好防滑措施。具体做法参考孩子的沐浴用品一节。

折腾了快半个小时，动静儿没了，看来是终于进入正题了。我这儿稿子也写完了大半篇儿了。正在我苦苦憋出最后一段，准备凑齐字数交差的时候，那边儿小静就消停不下来了，“黄大熊，你买了假冒伪劣产品了！快来！”

我冲刺过去一看，我家小猫在小静手上油光闪闪地冲我笑呢。什么意思啊这是？这味道有点儿熟悉啊，怎么静大人没按步骤进行啊，冲着水涂什么婴儿油啊？我疑惑地发出了心中的疑问：“你为什么要现在涂婴儿油啊？”

小静彪悍的眼神先是闪过一丝疑惑，然后就变得非常无辜了：“没事，老公，我好像过于放松，拿错了瓶子，我还以为你买的沐浴露有假呢。”话刚说完，我就听到一阵清脆的假笑声飘进耳朵，还伴着让人浑身汗毛倒竖的娇嗔：“老公你快去工作嘛，人家绝对支持你的事业哦！”我的天啊，看来小静大人是觉得没面子了，我快闪为妙。

[大熊血泪箴言之洗澡澡篇]

TIP 1

洗澡麻烦但是益处多多，爸爸妈妈们千万不要偷懒哦：

● 清洁皮肤。其实这点说了等于啰嗦，可是还是要给父母们提个醒，因为除了体型偏瘦的宝贝，其他的身上难免会有厚皱褶，这些皮肤的小沟壑里会隐藏一些污垢细菌，不注意清理会造成细菌入侵宝宝的小身体呢

● 促进宝宝体温调节中枢的成熟。皮肤和水接触的过程是一个唤醒宝宝感知能力和触觉能力的过程。同时，还能增强宝宝适应环境的能力。

● 促进宝宝的新陈代谢。

TIP 2

洗澡水的温度决定宝宝的态度。在出生前一直泡在羊水里的婴儿其实并不怕水，让他恐惧的其实是水温。一般来讲，给宝宝把水调到39–41摄氏度之间就可以让宝宝感到舒适了。

TIP 3

洗澡时间不宜过长，最好不要超过十分钟，洗澡水一凉宝宝就容易感冒。

TIP 4

快速洗浴速成宝典在此，洗澡菜鸟们都看过来吧。

洗 → 洗 →

全身：

顺序也是从上到下，从脖子开始，到前身，腹部，手臂，腿腿，最后是脚脚。

洗澡时的大忌讳是让宝宝的耳鼻口内进水。眼屎多的宝宝在洗完澡后可以滴一滴眼药水，预防结膜炎。

TIP 5

夏天的话最好每天给宝宝洗澡，出汗多的话就增加一些频率。到了冬天，一周一次就可以。宝宝的皮肤上有天然的保护层，洗得过于频繁会被破坏。

TIP 6

洗澡固然好，但是也要根据宝宝的身体状况量力而行。

不宜洗澡的情形：

- 宝宝皮肤有伤口时不能洗澡，包括打针后的微小创口也要避免沾水，防止伤口受到污染。
- 宝宝发烧时和退烧后的四十八个小时也要避免洗澡。这时洗澡会导致宝宝体温升高或是全身毛细血管扩张，从而导致供血不足。
- 如果是患病有呕吐和腹泻症状的宝宝也暂时不要洗澡，以免加重病情
- 低体重儿（产生体重<2500g）发育及容易出现体温波动，不宜洗澡。

6.宝宝娇嫩皮肤更需要科学护理（爽身粉，臀部护理）

小静每天都会很认真地完成一件事，没错，我说的就是涂涂抹抹。现在，她有了另外一件可以大展身手的事情，就是给小猫涂涂抹抹。

护肤品是女人最好的朋友，是钱包最大的天敌。何况，我家现在又添了个娇娇嫩嫩的小千金呢，这下可好了，小静的注意力再次进入战斗状态，每次看到有相关的字眼就立刻兴奋起来。

而我，活脱脱是一块儿试验田。原本我也是寻思，她买了我顶多心里疼一下，谁知道，随着时间的推移，家里的瓶瓶罐罐越堆越多。知道现在有种叫做网购的害死人不偿命的活动吧。小静绝对是它的忠实粉丝，每天早上闹钟一响，先打开电脑，坐下视察下有没有让她打鸡血的东西。然后让我心痛的一幕就会上演：打开抽屉，拿出优盾，插进电脑，鼠标啪嗒几下，我家的钱就成了别人家的钱，我的手机就成了快递专线。

你以为故事到此为止的话，就真的是低估了小静的功力和我的功能了。为了尝试各种产品的效果，小静搜集了各种好评如潮的牌子搬了回家，小猫一张屁股都没我的脸大，什么时候才能用得完这么些东西呢。所以那些小猫用不完的花花绿绿的润肤露啊，婴儿油啊，甚至洗发的，都开始往我身上招呼了，并且是以正义的名义。

“熊宝宝，你的腿好干啊，小猫的婴儿油好合适你用哦，刚好顺便滋润下你的腿毛嘛！”

“熊宝儿，试试润肤露吧，滋润的很哦你皮肤粗糙得我都心疼了。”

“熊……”这回小静还没说完，我就有点儿要躲走的意思了：“咱能不涂吗？我这天天身上香的去单位有点儿不好意思……”这可是千真万确，单位里的小姑娘最近有夸过我皮肤好了一些，重点是总是有很可爱的味道，没天理啊我这么伟岸的身躯怎么就可爱了？！

“别紧张啊，这是我翻出来的没有过期的面膜，可是我自己不想用了，扔了好可惜的，花了好几百买的，你帮我消灭吧。”她只要搬出价钱，我怎么会拒绝？

“来吧，老婆。”我大义凛然，小静一边儿帮我涂着一边说，“这个可有好处了，多敷点儿帮你的脸防辐射呢还能，你就敷着安心玩儿游戏吧！”

这么久实验下来，我多少也累积到了一些护肤小心得呢，而且我可没有瞎折腾，都把心思放在小猫公主的身上呢，我的经验可是绝对靠谱儿。

[大熊血泪箴言之皮肤护理篇]

TIP 1

宝宝胖乎乎的身上会有很多皮肤皱褶处，同时颈下、腋下、肘弯、腹股沟等这些地方也容易藏污纳垢，是重点清洁对象。完成了清洁，护理当然也不可忽视，在这些地方涂点润肤露婴儿油吧。

TIP 2

皮肤护理应该对症下药。起了湿疹，需要在湿疹部位涂抹湿疹膏，而出痱子的宝宝就交给痱子粉来保护。

TIP 3

新生儿需要你格外细心地呵护，因为肚脐可是人体上非常脆弱的部位呢，新生儿脐带自然脱落前，要注意肚脐的清洁，预防感染。准备好75%的酒精，清洁时要将脐带残端提起，给根部做清理。脐带脱落后，同样用75%的酒精擦掉血垢，清洁完成后，要让肚脐保持干燥。细心妥当的护理就不会让宝宝患上脐带炎了。

TIP 4

每次清洗完宝宝的屁屁后，涂上护肤油，可以更好的保护臀部。如果宝宝腹泻，就需要格外小心地保护了，给发红的屁屁涂些护臀膏或是鞣酸油吧。注意给宝宝洗干净屁股后，要让屁屁在空气或阳光下多暴露一会儿，才能保持皮肤干燥。

关于爽身粉，小静提醒各位妈妈：

◇不要把爽身粉当做神仙粉，它很可能是让婴儿致病的原因呢。爽身粉的主要成分是滑石粉，里面含有铅、氧化镁、硫酸镁等化学物质，所以不可以过量使用，避免造成婴儿铅中毒或是呼吸道感染。

◇不可以在女宝贝的阴道周围使用爽身粉，因为这些小颗粒会进到阴道、宫颈等地方，而且会附着在卵巢表面，增加卵巢癌的发病几率。

◇不要以为爽身粉干燥就是皮疹的救星，它也可能导致湿疹的产生。因为这些粉粉吸水性很好，膨胀后的颗粒难免阻塞毛孔和汗腺，增加摩擦，从而伤害到皮肤。

第6章

孩子生病了？别着急

1.别忘了疫苗接种

打针？的确是一件非常恐怖的事情。面对着冰冷的针头，小猫需要我这个坚强老爸作为她最好的依靠，但是亲爱的小猫对不起，打针这种事情你老爸真的无法插手了，因为再怎么强壮的外表都无法隐藏其中那颗晕针的心。

由于我这个坏毛病，小猫的疫苗都是由小静包办了，但这不包括她的第一针，那时小静还在卧床静养。护士查房的时候，风轻云淡地说：“黄大熊，过来，帮着来固定住你闺女。”那时的我因为兴奋和疲劳，已经完全无法对自己的行为有判断力了。护士小姐一吩咐，我就本能地放下正在整理的衣物，向小猫的方向移动。到达指定地点，护士小姐说：“我得给她接种疫苗了，你按着这儿别松手。”“好的。”我的身体直接开始执行护士小姐的指令，握住小猫的小身体。

再抬头，想要问问护士要干嘛的时候，一个闪着银光的东西就晃过了我的面前，护士重复着那个经典的动作，针头朝上，推出一些液体，再一下秒，听到的就是我扑通倒地的声音。恍惚中，听到小静恨恨的声音：“黄大熊你个笨蛋，知道自己晕针还瞎凑热闹。真是不省心。”

为保住自己的仅存不多的尊严，我在日后无数次地跟家里的两名女士辩解，当时是我严重睡眠不足，脑子非常的秀逗，没有反应出接种疫苗和打针是同一件事情。但我知道，这些辩解是多么的苍白。

后来小猫所有的疫苗都是小静一手包办了，对于别人来说，这是个偷懒的大好机会，但我这个威武温柔又体贴的老爸还是主动承担了大部分办理各种手续以及和医生沟通的工作。

小猫到了接种疫苗的时候，虽然打疫苗的地方有医生提醒，我还是不放心把这件事情全权交给我家的大女人。就我在各种育儿论坛上的多日潜水经验，打疫苗是件很复杂的事情，光是疫苗种类就有太多五花八门的选择，要进口的还是国内生产的，大家也有着不同的倾向。这个事情对于经常晃神儿的可爱老婆来说有些复杂了。

还好我家小猫顺产又是足月儿，身体比较健康，几乎没有出现哪些疫苗不能接种的情况。每次陪她去接种，看到一些宝宝因为身体状况没有办法接种疫苗，家长在旁边着急的样子我都会暗自松口气。

不过，我也遇到过宝宝感冒咳嗽了，家长还执意想要给宝宝接种的。是一个老人带着孩子，孩子不能打疫苗，老人千方百计地想说服医生。那位老人家估计也是奉子女之命来的，一个劲儿地给医生强调这会儿不打针，她就得回老家，女儿女婿都特别忙，再找空就难了。她的话里大有孩子好不容易能在这一天有人带着出来，这次不打就再也打不上针的架势。我在旁边儿渐渐就有些看不下去了，好歹我也是研究过的人，还是有一些理论知识可以拿来唬人的。于是我对着老太太好一顿劝，先来拉近感情距离，表示同情，再用最坏的结果恐吓她，费了半天劲才让她放弃接种，走的时候嘴里还嘟囔着："现在孩子就是金贵，这么多规矩呢，可是不好养。"留下口干舌燥的我脸上写着大大的无奈。不过避免了坏结果的出现，大熊今天可是有大大的成就感呢。

[大熊献给小静的接种疫苗须知]

TIP 1

一岁以下的宝宝，需要接种的国家计划内疫苗有：

年 龄	接种疫苗种类
出 生	接种第一次乙肝疫苗和卡介苗
一月龄	接种第二次乙肝疫苗
二月龄	接种第一次脊灰疫苗
三月龄	接种第二次脊灰疫苗和第一次无细胞百白破疫苗
四月龄	接种第三次脊灰疫苗和第二次无细胞百白破疫苗
五月龄	接种第三次无细胞百白破疫苗
六月龄	接种第三次乙肝疫苗和第一次流脑疫苗
八月龄	接种第一次麻疹疫苗
九月龄	接种第二次流脑疫苗
一 岁	接种第一次乙脑减毒疫苗和第一次甲肝疫苗

以上的这些疫苗都属于免费疫苗，父母只要根据医生的提醒，到固定的接种地点去接种就可以了。宝宝的预防接种证一定要好好保存，日后宝宝大了要入学和出国都需要这个证明。

TIP 2

接种前如果宝宝有服用药物，过敏或是发热的情况，要及时和医生沟通。

TIP 3

接种脊髓灰质炎减毒活疫苗糖丸的宝宝，半个小时内不要给他吃奶或是喝热水。

TIP 4

当宝宝有一些病情的时候，家长不要为了接种疫苗而向医生隐瞒病情，否则会可能让宝宝接种完疫苗后产生生命危险。为了给宝宝多一份安全保障，现在就多操份儿心，记住这些不能接种疫苗的病情吧：

- 有免疫缺陷或者在进行免疫抑制剂治疗的宝宝。
- 有慢性心脏病、肾脏病、肝病脑病、过敏体质、正在生病中的宝宝。
- 有急性传染病接触史和处于急性传染病恢复期的宝宝。
- 脑发育不全或是有惊厥史的宝宝。
- 经常患湿疹、荨麻疹、哮喘等过敏性疾病的宝宝。
- 腹泻的宝宝（一天大便超过四次）不宜接种小儿麻痹糖丸。

TIP 5

宝宝可能对于接种的疫苗产生过敏或是不适反应，比如局部红肿疼痛、淋巴肿大等症状，或是出疹子，水肿，这时候，父母就要带宝宝去医院就诊。家人对宝宝的过敏史最好都要心里有数，在接种疫苗时提前告知医生。

TIP 6

流感疫苗可以帮助宝宝预防疾病，但六个月以内的宝宝不适宜接种。老爸老妈还是通过及时添加衣物和锻炼增强抵抗力的方法给宝宝预防感冒吧。

2.大便是宝宝身体的指示信号

“有洁癖？胃不好容易恶心？这叫理由吗？那么那年一起去便便餐厅（主题餐厅，里面的食物做成大便的样子，比较考验食客的心理承受能力）是眼瞎了么？吃得那么欢？不想洗尿布不想清理屎尿就直说啊，磨磨唧唧跟我装？再练两年吧！”

您猜这是黄大熊的起义宣言吗？当然不是啦，我是绝对的守法公民，外守国法，内守家规的，哪儿敢对老婆大不敬啊！

您又问这是不是我家老婆当年教育我的话啊？这不是逼着我重复申明么，对于各类家务，我向来都是积极主动，自觉自愿，能自己抢着干决不让老婆动半根儿手指头。

正解来了，开头儿那串儿气势磅礴，有理有据的控诉词是我老婆的闺蜜栗子在抱怨她家那位向公子呢！向公子是栗子的老公，这两口子从孩子出生就开始争夺主权，先是为谁妈来照顾宝宝大吵了一架，由于地理优势，栗子火速把她妈空运到家，当女婿的向公子也不能把到家的丈母娘赶走，这一局栗子大获全胜。但是任何事情都是有利有弊的，栗子的妈妈特别勤劳，特别爱护女婿，向公子每天回家就开始逗宝宝玩儿，所有的家务就落到栗子娘俩儿的头上了。现在，积攒多日的怨气终于爆发了，导火索就是栗子腾不开手的时候让向公子处理下宝宝的粑粑，向公子这个推脱啊，宝宝那个哭啊，栗子马上不依了。

女人解决问题的方法大家都清楚，闺蜜帮着忙骂两句，其实起不到解决问题的作用。好在我老婆是个刚中带一点柔的女人，这边给闺蜜解气，那边吩咐我和向公子沟通一下，交流交流做奶爸的心得。

我和向公子也算是谈得来，因为老婆是朋友的关系，我们两个常常在被老婆抛弃的时候一起喝两杯。约了老地方后，我先了解了整个事情的始末，把情绪化下的夸张情节去掉以后，无非是栗子让向公子去清尿布，向公子面对大便有些扭捏，就说他帮栗子去晾衣服，让栗子来换尿布，并发表了一些不大尊重大便的言论，谁知时机不对，触动了栗子敏感的小神经。

这样就好办了，哪个父母不疼爱自己的宝宝呢？只是有些八零后的父母从小在比较好的环境成长，从小就过着不错的生活，忽然有了宝宝以后，面对这样的琐事，直觉得自己怎么会去洗便便。但是，从为人父母的角度来看，大便是反映宝宝身体是否健康的重要指标。随着宝宝岁数的增长，食物种类的不同，大便也会发生一些变化，了解了正常的便便，就能及时在出现异常时带宝宝去就医，或是调整宝宝的生活细节，保护好宝宝的健康。

这么一科普，向公子也不拿着端着了，态度端正地给自己老婆道了歉，回到家又是天下太平了。一个男人认真起来是非常有潜能的，据说向公子回家以后查了大量资料，还做了个便便笔记，我本模范奶爸一名，现在却觉得江山有些坐不稳了。不过有竞争才有动力嘛，改天派小静把向公子的资料情报窃取过来，我会很乐于和大家分享的。

[大熊血泪箴言之便便常识普及篇]

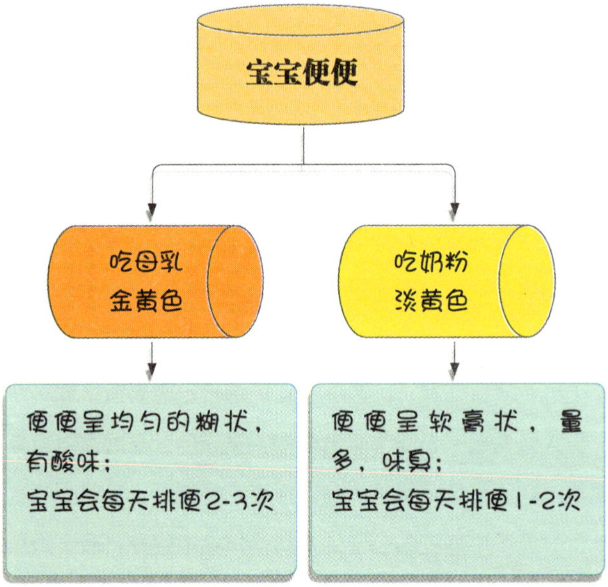

TIP 1

宝宝吃的食物不同，大便呈现出来的形状、颜色和次数都不一样。

喂养食物	便便颜色	便便性状	便便次数/天
母乳	金黄色	呈均匀的糊状，有酸味	2-3次
奶粉	淡黄色	软膏状，量多，味臭	1-2次
混合食品和辅食	特征基本类似成人便便		1次

TIP 2

便便不健康，那是宝宝在生病：

便秘：大便干燥，呈颗粒状。判断宝宝便秘的标准和成人的标准是不同的，宝宝便秘不体现在次数减少，而是表现在便便出现硬结。这样的宝宝如果还不能吃固体类食物可以通过喂食一些促进肠道蠕动的食物如果汁，米汤等来改善症状，可以吃谷物蔬菜的则应该增加这类含纤维质多的食品的比重。以宝宝的肚脐为中心，拿手掌顺时针方向轻轻按摩宝宝腹部也可以纠正便秘。但是顽固性便秘需要到医院就诊，以防它是其他疾病的病理反应，延误了治疗时机。

腹泻：便便次数增加，水分更多，可以嗅到酸臭味，观察一下能在里面看到沙样的食物残渣。

3.亚洲小婴儿得黄疸很正常

小猫出生前，我可是做了大量的功课来了解黄疸，结果我家小猫姑娘虽然生过黄疸，但是却朝着最正常的路线很快就消退了，我的这一大堆资料只好扔到废纸堆里了。刚开始小猫出现这种情形的时候，我当然没有错过机会好好地给她照了照片。黄小猫同学以后但凡要惹毛了我这个老爸，私密照一公开，吼吼，后果是不堪设想的哦！

科普时间到:

黄疸?

当宝宝还是胎儿的时候，靠胎盘供应血和氧气，脱离了母体，宝宝开始用自己的肺来呼吸，获得氧气，体内低氧的环境改变了，不再需要那么多的红细胞了，这时候胆红素就产生了，并且可能过剩。多余的胆红素无法通过没有发育成熟的酶系统来排出体外，跟着血液流动到宝宝的身体各处，反应到外部体征，就是宝宝的皮肤和巩膜变成了黄色。这种现象就叫做新生儿黄疸。

名称	出现时间	消退时间	备注
生理性黄疸	宝宝出生后2-3天	两周内消退	在第4-6天表现最明显，早产儿的黄疸会持续的时间稍长，不过三四周后也会自行消退。
病理性黄疸	宝宝出生后24小时内	持续时间长于两周或反复发作	需到医院进行治疗。

大熊支招:

生理性黄疸，需要在黄疸期间多喂宝宝喝温开水或葡萄糖水利尿，不需特殊治疗。尤其需要给宝贝补充充足的水分，保证宝宝每天排尿6–8次。这样几天或者十几天后黄疸就会自行消退啦。

小静提醒：

有一种病理性黄疸叫做新生儿溶血症，它是由母婴血型不合引起的溶血。O型血的妈妈如果生了A型或B型血的宝宝可要小心，因为这样的宝宝极易得上溶血症，一旦出现症状，要及时进行治疗。

4.皮肤过敏，要小心哟

护肤，广告里随处都是这两个字，天然美白的，独特配方的，本草的，进口的，各种品牌一定充斥了你的眼球。我家天生丽质的小猫姑娘倒是不用这些被吹捧的天花乱坠的护肤品，她的独家秘方就是那副几乎没离开过身边的小手套。

现在虽然不是数九寒冬，但是小猫姑娘天生活泼，对自己又尤其狠，刚出生没多久的时候，因为小静抱她喂奶的姿势让她不舒服，为了表示抗议，小手挥舞得跟什么似的，等让她镇定下来，雪白的小脸儿上已经出现了两道自己挠的血印子。从此，为了避免这类自残事件的发生，她的手上就多了一副棉布手套。

当然，抓伤造成的皮肤红肿过敏只是皮肤过敏的一种方式，现在正经来说说过敏这个话题吧。为了保持一下观点的学术性，我们先来看下宝贝的肌肤特征：

角质层没有完全发育成熟，真皮层较薄，纤维组织稀少，容易受损和感染。在皮肤表面，还有一层酸性的保护膜，可以保护皮肤。

这就意味着父母不能过于频繁地给宝宝洗澡，也不可以使用碱性大的沐浴产品，伤害了宝宝皮肤的保护膜，就等于让皮肤直接裸露在充满细菌的空气中了。

一般来说，皮肤过敏的来源有：

- 衣物：洗衣机里的环境很容易滋生细菌，即使是清洗过的衣物也需要再次消毒。
- 宠物：动物的皮屑和排泄物非常容易引起皮肤过敏。
- 高温潮湿空气：容易滋生霉菌。

当然，我这个细心周到的老爸不仅在清洁方面下功夫，在预防蚊虫叮咬上也格外下功夫呢。宝宝的防蚊液是家居必备，可不能让小猫受那些“皮肉之苦”啊！

当出现过敏症状时，要及时到医院排查过敏原因，注意在以后的生活中避免接触过敏源，要记得预防重于治疗，千万不要做粗心大意的父母哦。

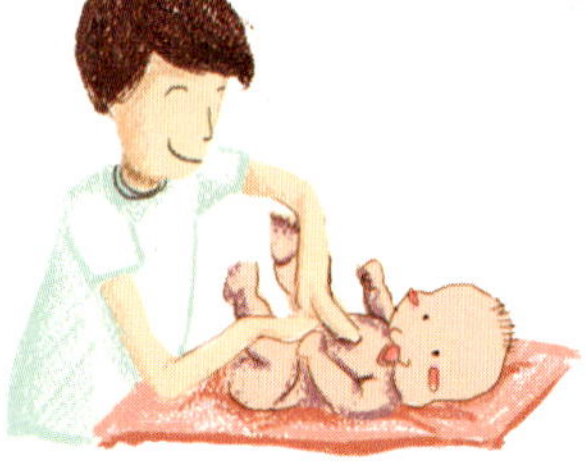

爱干净的好妈妈牌小静有话说：

为了预防宝宝皮肤过敏，家长更要注意重点部位的清洗。

(1)嘴和下巴、脖子：吃完了奶，及时给宝宝擦擦嘴巴，如果奶水漏到了下巴和脖子里很容易出现过敏。宝宝吃奶次数很多，擦拭的比较频繁，不管是柔软的老妈还是威武的老爸下手都要很轻哦。

(2)屁股：夏天气温比较高，用尿布或是纸尿裤都要及时换洗。宝宝拉完粑粑，屁股要用清水仔细清洗干净了，不然残留粑粑中的碱性物质或是细菌也很容易让宝宝的屁屁过敏。

(3)头皮：洗头一定要仔细了，不知道你还记不记得给宝宝洗澡时提到的洗头要诀，温习一下吧！先清理头垢时要先把宝宝的头部淋湿，然后擦一些橄榄油或是婴儿油，停留一些时间，使头垢软化后用柔软的刷子刷松头垢。再用婴儿洗发水再次清洁后，冲洗干净就可以了。清洁可是不能留死角的。

5.别让家中成为沙漠——预防宝贝脱水

作为一个富有创新精神的80后老爸，有些时候会做出一些弄巧成拙的举动供我的老婆大人来嘲笑我。当然，有些悲惨的后果是由小猫姑娘来承担的，对于这件事情我是有点自责自己的小聪明的。

夏天各种食物都容易滋生细菌，特别是水果，放久了再吃，大人倒没啥问题，宝宝可就极其容易中招了。可是耐不住小猫嘴馋，又碰上我这个心软的老爸，心里明明知道不能贪嘴，还是抱着多一口两口不会有事的侥幸心理纵容了爱吃的小猫。这下可好了，肠胃炎猛烈地到来了。上吐下泻了一阵子以后，小猫同志就再也蹦跶不起来了，估计这会儿把吃的塞到她嘴里也得吐出来。

宝宝又拉肚子，又不吃饭，小静就着想逗逗小猫，让她活动活动身体，好能吃进去一点儿东西。结果人家小猫一直就是一副昏昏欲睡的模样，平时喜欢的玩具都搬到了眼前，各种挑逗没有一个成功的，人家该不动还是不动。

我这会儿可不能坐视不管了，这是有脱水的征兆出现，以前带小猫去医院的时候听医生提起过要补充什么电解质。不就是电解水吗？我灵光一闪，去买点儿脉动不得了。我不仅佩服自己这么聪明的做法，在挑的时候还特别选了个小猫喜欢的水蜜桃味儿，回去软硬兼施地给小猫灌了两口。大功告成后，还在美滋滋地坐等奇迹发生呢，小猫这边儿又吐了。

我这回慌了神儿了，也不清楚到底是哪个环节出了问题，这边儿小静也不给我思考的时间了，一个劲儿地催我先去医院再说。

到了医院，医生就表现出了一副看傻瓜的表情，并且，这不是第一次了。在听完我陈述病情以后，医生表示我最大的错误就是给小猫喝了那两口脉动，还是强行的，完全是错上加错。

[大熊血泪箴言之宝宝脱水篇]

	脱水原因	脱水表现	备注
一般脱水	急性肠胃炎，急性呼吸道感染，奶量不足	●超过6个小时没有排尿 ●小便呈暗黄色，味道浓烈 ●嗜睡，不爱活动 ●嘴唇干裂，嘴巴干燥 ●哭的时候泪液减少甚至没有眼泪	由于进食较少或是高烧引起的脱水可以采用补充温开水，常温天然果汁或是清淡的汤类即可。而急性肠胃炎引起的脱水则需要补充电解水，情况严重时，需要到医院就医。一般医院都有给儿童的口服补液盐（ORS），可以开一些放在家中备用。
严重脱水	同上	●眼睛凹陷， ●手脚冰凉，有斑点出现 ●神志不清，可能表现为眩晕或是兴奋过度 ●非常嗜睡或是不安	及时到医院治疗

TIP 1

六个月以下的宝宝可以通过喂食母乳或是食用儿无乳糖配方的奶粉来补充水分，不需要再额外补充太多饮用水。

TIP 2

电解水不等同于运动饮料，它的电解质含量比较低，而碳水化合物的含量则过高。这样一来，宝宝喝完容易使肠胃炎的症状加重，我家小猫的切肤之痛啊。

TIP 3

电解水并不好喝，所以有时宝宝会拒绝饮用。市面上的电解水有味道可以选择，因为宝宝还无法向你表达自己的意愿，父母就根据宝宝日常的饮食习惯来选择口味吧。

6. 胀气？呕吐？便秘？注意宝宝娇弱的肠胃

眼看小猫一天天长高了，变结实了，牙齿冒了出来，嘴巴也开始馋了。吃东西就像做实验一样，另一个好奇宝宝小静也相当配合她的这种行为，眼看培养出两个吃货，我这个资深厨子老爸也要好好表现，来增强自己的存在感。

千万不要以为我是没事自己赌气，小心眼，小静总是带着小猫跑出去尝鲜，搞得小猫的饮食习惯极其不良不说，还害得我给她善后忙得不可开交。

列数一下这些恶行，第一就是吃零食。为了笼络小猫，小静总是不停地分享薯片神马的零食来表示友好。相对于大米粥来讲，薯片似乎比较符合小猫的重口味，但是，零食一般都高热量又高糖，小猫很容易消化不良。我为了给小猫戒掉薯片，开始在土豆的烹制上花时间，搞出了美味健康的土豆泥。第一回合，大熊完胜而归。

再来就要讨伐一下万恶的涮羊肉。这回我也算是同案犯，因为涮羊肉向来都是我和小静的最爱，那叫一个香浓啊，尤其是下雪天，面对着热气腾腾的火锅，多温暖，多对的起自己的口腹之欲啊！在我所储备的理论知识中，宝宝吃点薄薄的肉片是完全可行的，于是就和她一人一口地开始大快朵颐了，结果，惹祸上身了，当天晚上，小猫姑娘由于呕吐进了急诊室，医生听到她吃涮羊肉的时候，狠狠教训了一下我。原来生涮的食物对于宝宝娇弱的肠胃来说很容易有细菌入侵，又不够烂，很难消化，难免最后恶心呕吐。败给了涮羊肉，这次我算是长了记性。

从此，在吃的方面我对小猫把关越来越严了，因为肠胃问题不入，稍不注意就会让宝宝生病，据我长期的斗争经验，以下几样食物能杜绝就杜绝：饮料、冰的食物、羊肉串和涮羊肉、肯德基或麦当劳之类的油炸食品、过量的水。

[大熊血泪箴言之肠胃护理篇]

TIP 1

宝宝肠胃的抵抗力可不像你这么强。餐具食物的清洁很重要，当然饭前便后要洗手这句老话就不用我提醒了吧。

TIP 2

无论是宝贝自己爱吃的，还是你认为有营养应该多吃的，都不应该没有节制地食用。包括水果，吃多了可能引起消化不良或是呕吐。

TIP 3

生病的宝宝应该这样护理：给他吃点儿有营养的又容易消化的食物，不要暴饮暴食。补充了能量才能更快地恢复健康。

服药时，要饮用足量的水，才能避免产生食道溃疡，服药后最快要在10钟后才能躺下。

大熊给您的食补小方：

胡萝卜汁——

把新鲜的胡萝卜洗净捣成泥，加少量水煮10—15分钟，过滤后加水和少量白糖煮沸，然后放入容器中隔水煮10分钟。

苹果泥汤——

在淡茶中放入苹果泥，一定要选用熟透的苹果。此汤可以起到收敛的功效。

淡茶水——

开水冲泡少量的红茶，每天饮用4-5次，可以缓解急性肠胃炎。

7.婴儿常见的意外和急救方式

宝宝的小囧事可能变成父母的大教训，经验不多，在此分享，各位看官以后可要留意啦！

事件一：

我亲爱的老婆大人呢喜欢偶尔小奢侈一下，假期和闺蜜朋友吃个下午茶喝个咖啡什么的。我多次劝诫均不见成果，而且现在变本加厉，要把八个月大的小猫带去参加自己的小聚会，理由是要发展她未来的战友。

在这件事情上，我很不乐意背上小气与不开明的坏名声，只好由她去了。小猫姑娘这次选错了阵营，乘兴而去，含恨而归。据目击者栗子口述，事件的起因是我家貌美如花的小猫在席间作出各种无辜表情，引得全桌幼齿控阿姨口水狂流，竞相求拥抱。桌子上瓶瓶罐罐，阿姨们叽叽喳喳，一片混乱中，小猫的小手就被撞破了皮，一声啼哭唤醒了沉醉在虚荣心中的小静，赶快乖乖把小猫带回了家，交给我处理，一副小媳妇的样子，还非常乖巧地去叫了麦当劳作为晚餐，说是要拿可乐浇熄我愤怒的小火苗。

宝宝的骨骼和皮肤在出生后都在持续地发育中，所以身体格外娇嫩，外伤发生的可能性很大，需要家长注意每一个不安全的小细节，同时也掌握外伤急救的常用方法。

[大熊血泪箴言之外伤急救要细心]

家里常备冰袋，用来应对淤青或是红肿的外伤。如果伤口出现了破皮，应该先给自己的双手洗干净，然后拿棉球或是纱布将伤口处理干净，涂上外用消毒药品。因为脸上的皮肤比较敏感，应当擦用红霉素软膏，而身体上的伤口则可以使用外伤用碘。

事件二：

宝宝发烧最常见，特别是我家小猫，扁桃体发炎跟玩儿似的，茶饭不思，也不冲着人乐了，小眉头皱成了一个小老太，看着人心疼得不知道如何是好。

每到这个时候，全家总动员的时候就到了，每次一量体温，小猫的体温超过了37度，不管当下我在做什么，小静一说，发烧了，去医院，我就算屎拉了一半都要憋回去。但是，有时候半夜折腾到医院也会遭到医生的鄙视。每次左拐右拐地到了急诊那里，叫醒医生，过了半晌，打着哈欠的医生已经困到面无表情了，问了病情，难免会说在家怎么备点儿常用药，不是严重的高烧，万一路上孩子受了风反而更严重了，怎么办?

医生这么一抱怨，倒是给没有经验的我们提了个醒。咨询了医生，综合了各种他人的经验，现在平常的发烧我大熊这个赤脚医生已经可以简单处理了。

[大熊血泪箴言之发烧降温有妙招]

发烧需要及时送治的情形：

发烧时伴有抽搐，意识不清醒，嗜睡，烦躁啼哭，食欲不振，严重呕吐或腹泻，呼吸困难，嘴唇变白或变紫。

当宝贝发烧在家可以照顾时，你要做的有以下几点：

● 每次间隔2—3个小时量一次体温。

● 降温可分为物理降温和药物降温两种方法。药物降温的作用比较明显，但是一次最好只用一种药品，过多使用降温药可能反而造成宝宝四肢冰凉，父母需对宝宝采取保暖措施。物理降温时可以采用冰枕。

● 宝宝发烧到腋温37.5摄氏度（肛温38.5摄氏度）以上的时候，父母就要警惕有高烧的危险了，要密切关注宝宝体温和情绪的变化。

● 发烧的宝宝要捂出汗就会好的观念是错误的，由于体温很高，所以宝宝不需要穿太多的衣服，不着凉就可以了。

● 给宝宝吃点流质食物吧，以免胃肠消化不了，产生别的不适。稀饭，开水，奶粉等食物都可以。

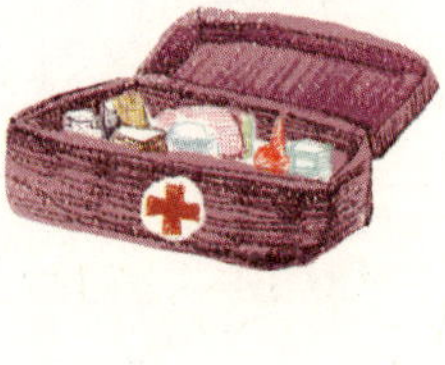

事件三：

初次为人父母，百密终有一疏，这次的教训是好奇宝宝这个词是有充分现实依据的。

每个人都在强调宝宝很娇嫩，尤其是皮肤。但是惯性会使父母在某些情况下忽略这一点，靠自己的感觉来判断宝宝的感觉。某日勤劳的我在忙前忙后地刷奶瓶，泡奶粉的时候，小静就带着小猫来视察了。小猫姑娘一见到她的奶瓶，两眼就放光了，那意思是饥不可耐了。小手一伸，就贴在了瓶子上，过了大概五秒钟，嘹亮的哭声再次响起。小静赶快把她的手拿起来，指头尖儿已经发红了。

这回可是把我们两个给心疼的，以后就再也不敢把小猫自己放在靠近热源的地方了。

餐桌附近的安全提示：宝宝可以触摸的地方不要放热汤、热菜；碗下面的垫布要防滑，也不要垫一些过长的桌布，被宝宝拽到可能会造成碗盘掉落。

[大熊血泪箴言之烫伤快处理]

宝宝被烫了，父母就别等了，赶快用食盐水给宝宝冲洗一下烫伤处吧，或者用抗组织胺软膏涂一下。除了不经意时出现的意外情况，小宝宝更容易在浴室或是餐桌附近发生烫伤意外。

另附：

洗澡时候的安全提示：用浴缸的时候，热水的水龙头应该要远离宝宝，最好装上保护套，以防不小心蹭到后烫伤宝宝；开始洗澡前，冷、热水要搅拌均匀，进浴缸前，要试水温是必须进行的动作；如果水温偏凉，要让宝宝离开浴盆再开热水。

事件四：

浪漫的野餐是小猫的噩梦，野外不懂得怜香惜玉的大虫子可是让小猫着实痛苦了一把。不过，我并不想提起小静没心没肺的反应。自从小猫出生以后，我有种自己养了两个女儿的感觉。小静偶尔会和小猫争风吃醋，觉得我不够疼她不说，还和小猫生气，最近一次的矛盾是缘于她的珍珠串子被孔武有力的小猫给抓断了。确切来说，是小静自己把链子给人家玩，想戴的时候小猫不放手了，急着出门的小静一用力，觉得受到侵犯的小猫依然不放手，就断了一床。我当然不管链子，先把珍珠给清走，免得小猫误食或硌到。爱记仇的静某，今儿看到小猫被蚊子咬到小手想挠又挠不到的样子相当幸灾乐祸了一把，最后解决小猫的当然是我这个善良的老爸啦。

[大熊血泪箴言之蚊虫请让路]

一般的蚊虫叮咬，用干净的布沾点儿冷水冰敷就可以，或者直接涂无刺激的止痒药膏就更管事儿了。但是如果是一些带刺的昆虫咬到宝宝，就要注意查看是不是有刺留在皮肤里，有的话应当用向外拔的方法取出刺，一定不要挤压刺周围的皮肤。

蚊虫叮咬是可以从环境着手预防的，家里最好不要有潮湿积水，就不容易滋生蚊虫了；去郊区游玩之前，给宝宝涂点防蚊产品，以免蚊虫破坏气氛；住宅附近较多蚊虫的，要使用吊蚊帐、或是驱蚊器。家里宝宝如果有过敏或是哮喘等症状的，要避免使用蚊香。

事件五：

宝宝爱吃父母最开心，但是潜在的危险不容忽视，宝宝的食道很细，有些食物是经常让宝宝噎到的，父母来看下，让自己心里有数吧。

[大熊血泪箴言之细嚼慢咽更安全]

果冻最好搅碎了再给宝宝尝鲜吧，但是这类零食最好少吃；花生酱等过于粘稠的食品；坚果类或是糖果容易被吞咽后噎到宝宝，喂食的时候切成小块更好；带核的水果还是去了果核再给宝宝吃吧；豆芽、芹菜等不易嚼的蔬菜，还是打成汁更安全；大块儿的肉虽然豪放，可是没有肉片来得安全；长面条最好截断了更容易喂食；刺多且乱的鱼类尽量不要给宝宝吃。

宝宝被噎到后，有急救常识的父母可以采取手指推按胸骨间部位的方法帮助宝宝，但是同时也要拨打急救电话或是及时送诊，以免贻误了治疗时机，发生窒息。如果是卡到鱼刺，在可视情形下，可以用消毒过的镊子取出鱼刺，但是如果超出可视范围，还是要送到医院治疗。

小静提点：

这些常见病症，父母都要有应急的意识和知识，过于依赖一人有时会使宝宝的病症无法得到及时处理而出现危险情形。所以父母都要勤奋好学才对哦！

[大熊家的医药箱大曝光]

● 消毒类：

碘、双氧水与生理食盐水，注意：碘不可以和红药水同时使用；双氧水最好避免大面积使用，因为刺激较大。

● 药膏类：

凡士林、婴儿油、红霉素软膏，主要治疗尿布疹、湿疹、虫咬、冻伤、轻微破皮现象、小面积的轻度烫伤(没有形成水泡)。药膏原则上一天涂抹一次就可以达到疗效，患处最好保持干燥、通风，无覆盖物。

● 浣肠、软便剂

给单纯性便秘的宝宝使用。

● 退烧药

退烧药最好选用水剂，阿斯匹灵锭剂不适用于如水痘或流感；塞剂可以给不吃药的宝宝使用或是配合口服药使用。退烧药一次只能用一种，即使是同一个种退烧药也应该在每次服用间隔四个小时以上。

塞剂的使用要诀：每隔6～8小时可以使用一次，每次用量三四颗就可以，具体用量依体重而增减。用前应当先用凡士林或婴儿油滋润宝宝的肛门，塞剂的尖端塞进宝宝肛门大约一个指节的深度即可，然后固定住宝宝的身体，让她侧躺两分钟，如果确认塞剂没有滑出来说明你成功了。

● 创可贴

贴的时候应该保持伤口四周是干燥的状态。

● 透气贴布

可以用来固定绷带、敷料或纱布。

● 体温计：腋温计——直接夹在宝宝腋下；耳温枪——插入宝宝的耳朵，按下测量钮在耳内停留两三秒就行了，但是耳朵有炎症或是出血流脓的宝宝不能使用；肛温计——使用前用婴儿油或是凡士林润滑肛门，然后插入宝宝肛门2-5cm，有直肠疾病或是免疫不全的宝宝不建议使用。

● 其他工具：脱脂棉、棉签；小钳子、小镊子；消毒纱布；冰枕；滴管或空针筒；拔毛器。

第7章

爸爸的0岁教育方案

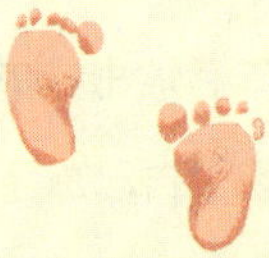

1.理财，早开始早好

前一段时间，在网上看一个养猫咪当宠物的帖子，那个猫咪主人捡到一只走失的小奶猫，还没满月，费尽心思给小奶猫喂食，又是猫奶粉又是给小猫保暖又是擦屁屁，一个成年人被一只小奶猫弄的手忙脚乱，上网大喊养宠物不容易。

我家也有只猫，只可惜我家的小猫比宠物难伺候多了。养小孩的难度和养宠物的难度比起来，一个天上，一个地下。从科学的角度上来讲，人类的高智商发育，代价是婴儿时期的脆弱性，自然界中很多动物一降生就能自己捕食，拥有一定生存的能力，但是人类的婴儿却要在父母亲身边生活到成年，至少要付出十多年的照顾，才能保证婴儿健康地生存下来。现在国内小孩在父母身边生活到二十年的都不少见，二十年后放出家庭去念大学，还有多少父母亲担心不已，生怕孩子在外头饿了自己冻了自己呢。

且不论说比起宠物只需要他们吃饱喝好，孩子还需要教育呢。什么？宠物也要教育？行，教育它上厕所、握手，蹲下起立，教不会没关系，不会掉毛的。而孩子不一样，教育一旦跟不上，宝宝就要被别的宝宝竞争下去，前浪就是这么被拍死在沙滩上的，从牙牙学语到高中大学，宝宝肚子里的墨水都是白花花银子和父母辛勤的血汗熬出来的！

养孩子不仅是一个技术活，还是一个花钱活。由于我和小静并不打算走丁克路线，从我结婚开始，就开始为要孩子做经济上的准备了。现在养孩子的成本大幅度上涨，简直是和坐上了神州七号一样，那速度犹如后头有只老虎撵着，真把我们普通民众钱袋当做无底洞随便掏了啊。

还在妈妈肚子里的时候，妈妈就要开始吃各种营养补药，小静买的是助于宝宝大脑发育的DHA胶丸，10块钱一粒，每天一颗十个月就是2800多元呢，我和小静开玩笑说，小猫比预产期提早快二十天出来，省了两百块钱呢。何况还有防辐射孕妇衣，还要上母婴保健课，还有各种燕窝补品，肚子里怀的宝宝简直就是金疙瘩！

生完之后，那就更花钱了，我同事何朗生了一对双胞胎，在上一轮洋奶粉涨价潮之前，一口气屯了一万多块钱的奶粉，结果那堆得和山一样高的奶粉，也只让那对小祖宗们喝了半年，还有尿布，玩具，早教课，保姆费，各个项目都是需要高投资的。中国社科院曾经出了一个报告，说是国内抚养大一个孩子需要49万元钱。曾经这个报告出来的时候，我也拿着报纸惊呼这么贵，等到小猫出生的时候，我才恍然大悟，这数字其实真不贵。

如果不理财，不做好准备的话，像我和小静这种工薪阶层，很可能会陷入捉襟见肘的地步，我算了一笔账，关于小猫的教育方面，近期的小学初中高中先不算，单单大学方面，就要给小猫先存个十万块钱……

看着我手中单薄的存折，我觉得我的人生又要开始奋斗了。

[大熊血泪箴言之理财篇]

给宝宝的金钱保障

- 教育储蓄：低风险，免缴利息税，收益率比较低，抵抗通货膨胀的性能差。
- 教育保险：强制储蓄的一种险种，同时具有储蓄和保险的作用，每年存入约定的金额，保证储蓄计划的完成。
- 基金定投：目前基金产品多样，可以选择教育基金定投，风险分散，收益回报较稳定。
- 医疗保险：宝宝是不在社保体系之内的，宝宝在成长过程中抵抗力弱，生病的风险的确比成人高，如果生病的话花费是很大的，这时候需要购买合适的医疗保险。

TIP 1

先从养孩子如何省钱开始：

● 自己家的保姆。由于月嫂保姆一个月的工资要开出两千，实在是一笔不小的开销，所以我和小静都重返工作单位之后，拜托了家中双亲长期坐镇，岳父母和我老爹老娘也为能膝下弄孙而开心，真可谓一举两得。

● 婴儿用品买打折品，其实几百元的婴儿床和上千元的婴儿床没有多大的区别，一包一百多块的纸尿裤和三百多块的纸尿裤效果也差不了多少，何况还能用尿布呢！用旧的玩具和育儿设备及时清理，比如说温奶器在宝宝断奶之后，就可以不再使用了，通过同城网络二手交易卖掉，我们都要高举不浪费的节约大旗。

● 可以用一些二手产品，比如同事亲戚家小孩的旧衣服，其实不要觉得有心理阴影，其实在老一辈反而有一种说法，小孩子穿百家衣才好养，长得快。

TIP 2

怎么样给宝宝金钱的保障？

● 教育储蓄。大熊我目前投了3万元作为小猫的教育储蓄，看在储蓄低风险，免缴利息税的好处上。教育储蓄目前一般分为1年，3年和6年储蓄期限，可以到期之后整取，再和着利息整存。不过教育储蓄的收益率比较低，抵抗通货膨胀的性能差，所以如果想要有效理财，在教育储蓄的基础上，还需要结合别的理财方式。

● 教育保险。是强制储蓄的一种险种，同时具有储蓄和保险的作用，每年存入约定的金额，保证储蓄计划的完成。如果投保人发生疾病、人身意外事故等风险，保险公司则豁免投保人日后应缴的保险费用，但保费全额不变。在储蓄的功能之下，更强调保险的作用。

● 基金定投。目前基金产品多样，可以选择教育基金定投，风险分散，收益回报较稳定。可以从宝宝出生的时候便准备一笔钱为其进行基金定投，在孩子成年上大学之时使用。

对比见此表：

	风险	受益	优点
教育储蓄	低	低	稳定
教育保险	低	储蓄收益，低	有保险功能
基金定投	较低	较高	回报稳定

TIP 3

医疗保险很重要。按照目前来看，宝宝是不在社保体系之内的，宝宝在成长过程中抵抗力弱，生病的风险的确比成人高，如果生病的话花费是很大的，这时候需要购买合适的医疗保险。我家小猫出生三个月后，投了附加意外医疗保险的医疗险，一年交个几百元，有数万元的医疗保障。还有些重疾险和费用型医疗险，可以根据自身宝宝的情况选择。

TIP 4

宝宝的以后每年的压岁钱，可以为其做一些上述的理财投资。

2.那些重要的日子

诞生！

为了迎接小猫出世，我早早准备了一本纪念日册，册子内分门别类地列出了宝宝一周岁内的纪念日，有可以放相片的纸框，有爸妈可以留言的爸妈寄语，等到这一本册子填完，我家的小猫也就满了一周岁了！

最先填上的空白处是诞辰日。小猫出生时候我和小静的手忙脚乱无需赘叙，我至今仍然遗憾，没有在小静在产床上煎熬的时候陪在她身边，没有亲手给小猫剪脐带，我嫉妒那个拿剪子咔嚓一刀的医生，你还我小猫的脐带！

小猫出生后不久，护士姐姐问我说要不要给小猫留下小手小脚印？说这是医院的最近新开展的母婴纪念项目，不过要另收钱，印泥加相框合起来是100多元人民币，可以给宝宝留下在这个世界上的第一个足迹。看在小猫一辈子就只有这一次的纪念意义上，我欣然接受。

交了钱后，护士姐姐拿出一些手脚印给我挑选，原来是两块成人巴掌大小的印泥，加上装饰性的木框或者盒子。我选了一个简单大方的相框套装，护士姐姐把里头浅蓝色的印泥拿出来，和平时和面一样揉匀调和，放在配套的脚印槽里，拍平边缘和表面，然后给小猫的脚底涂上爽身粉，轻轻又不失力道地引着小猫的脚踩在印泥上，过了几秒钟拿起来，印泥上便留下了一个小小的脚印。

护士姐姐一边给小猫印另一只脚，一边说："现在宝宝刚出手，小手还是蜷成拳头的样子，如果想要印手印得话，可以等到百天之后，宝宝的手会自然张开的时候再印。"

等小猫两只脚都踩完印泥之后，浅蓝色的印泥上有了两个小小的足迹，只有我的一根手指差不多长，小小的脚丫，顶着五根细细椭圆的小指头，简直可爱得要命。护士把印泥交还给我，交代到带回家去，在阴凉处风干十天左右，等印泥自然变硬，就可以镶嵌在相框中，然后摆在家中做装饰啦！

[大熊私家tips之诞生日]

古时候生男孩是弄璋之喜，生女孩是弄瓦之喜，不过现在生男生女都一样，男宝贝是王子，女宝贝是公主，诞辰都是重要的日子，有的爸爸有幸给宝宝亲手剪下脐带，还可以给宝宝留下小脚印，作为宝宝踏上这个世界的第一个足迹作为纪念，脚印的印泥可以在医院购买，也可以自行在婴幼儿用品店或者网上购买，应该选用安全无毒的印泥产品。

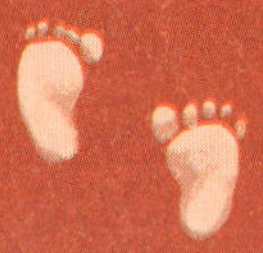

满月！

小猫满月的时候，我们家依照传统，办了一场简单的满月酒。在一家酒楼定了几桌酒席，请了几个亲朋好友来聚一聚。来的人不是很多，都是至交，一场满月酒喝出了不少的聚会意味。

小静那天特别开心，出门的时候对着镜子试了三套衣服还不罢休，嘟着嘴巴说：“大熊，你看，月子坐得我的腰都成水桶了！人也胖了一圈了！出去会不会被人笑话？”岳母生怕小静营养跟不上，奶水不充足，各种好吃好喝逼着吃，最开始每天一只小母鸡（虽然小静吃腻了都进了我的肚子，害得我的体重也直线增长），不胖才怪呢。话是如此，老婆大人在为自己身材担忧的时候，老公应当贴心安慰，我凑上去腆着脸道：“老婆，放心，你胖的时候我采用唐朝的审美观，你瘦的时候我学习宋朝的审美观，所以无论怎样，老婆你在我心里都是最美的。”

小静横了我一眼，却是掩不住的开心，我们一家子抱上穿着新衣服的小猫奔赴酒店，收获了一票儿“哇，宝宝好可爱！”，“哇，小静，你月子坐得皮肤变好了！”之类的赞扬，虚荣心得到了极大的满足。

[大熊私家tips之满月]

宝宝满月，也代表着妈妈的月子的解禁，很多地方在这个时候会摆上满月酒席，亲朋好友都来庆祝道贺。满月这天宝宝可以剃除胎发了，老一辈认为这样可以去除晦气，年轻的父母现在则认为可以让宝宝的头发更加浓密。剃下的胎发可以制作成毛笔当做纪念。

百日！

宝宝到了一百天，也就是三个多月的时候，小手小脚的活动已经很有力道啦，会依依呀呀地和你说着听不懂的语言，会认人，开心的时候笑的嘴巴都咧到耳根，完全是一坨肉呼呼的大萌物啊！

百日的时候老一辈相信，这时已经能看出宝宝日后的五官长得如何了。我瞅着小猫，恩，鼻子还是塌塌的，难道遗传了我的塌鼻子，没有遗传小静的小翘鼻？不行，每天要多给她轻轻捏捏鼻子，这时候鼻软骨还在可塑阶段，长大之后鼻子挺翘的女生才好看！

眼睛，乌溜溜的倒是和一丸黑水晶似的，不过我和小静都是双眼皮，为啥小猫的眼皮还是肿肿的单眼皮呢？按照高中的生物课来说，两个双眼皮父母一定生出来的还是双眼皮宝宝，可能等小猫再长一段日子，眼皮就会变双了吧，我还是耐心等待吧。

嘴巴，小小的，薄薄的，估计以后是个能说会道的姑娘。额头饱满，看起来很有福相嘛，虽然额头有点太高，但是以后留个齐刘海，穿个粉蕾丝裙子，就是个萌死人的小萝莉。我把小猫从头到脚打量了一遍，确认了我家小猫将来会是一个大美女，恩，一定会是的！

[大熊私家tips之百日]

老一辈认为"三日看人，百日看相"，宝宝到了这个世界第一百天，就能依稀看出以后能长什么样子了。百天的时候可以给宝宝拍一些可爱的照片，很多地方还有姑嫂给宝宝送来新衣服，外公外婆或者爷爷奶奶会送上长命锁，寓意长命百岁，健康平安的意味，是一个颇值得纪念的日子哟。

周岁！

我家小猫抓周的结果，让我和小静哭笑不得。

小猫周岁生日那天，我和小静早早做好了准备，砚台，算盘，毛笔，印章，一张百元人民币，饭勺，羽毛球，字典，首饰等十件物品，半扇形摆在小猫面前，一家人围着小猫，紧张兮兮地看小猫会抓什么，我希望小猫会抓字典，这样以后会念书，小静则希望小猫抓首饰，这样说明以后小猫有品位，长得漂亮！

小猫起先在小静怀中好奇地看着我摆放东西，万事俱备只待小猫的时候，小静拖着小猫的腋下，让她坐在那些东西面前，不指引不发声，任由小猫自己行动。小猫先是拿着自己的小拳头专心地啃了半天，然后呜哇一声，带着口水的魔掌就朝红通通的人民币伸过去了，一把抓起来就要往嘴巴里塞。惊地小静惊呼一声，赶紧制住。人民币上的细菌多少啊，吃到嘴巴里可不得了。

小猫被喝了一声，委屈汪汪的眼神看着小静，好像在控诉说；“妈妈你怎么把我的东西拿走了……”小静被她的样子气笑了，对我扬了扬手中的钱，无奈道：“黄大熊，怎么办，你家女儿以后养大了是个财迷！”

我哼了一声，抱过小猫吧唧亲了一口，“切，你这妇人懂啥，这说明我家小猫以后有钱（前）途！

【大熊私家tips之周岁】

抓周是传统的诞辰礼之一，摆上笔、墨、纸、砚、算盘、首饰等物品，让宝宝自由抓取，预示着宝宝的前途和性情，是古代传来下的习惯，现在也就图个乐呵。还可以摆上生日蛋糕，点上生日蜡烛，全家集体给宝宝过一个快快乐乐的生日。宝宝一周岁啦！撒花！

3.对着宝宝，五音不全也要唱歌，没有墨水也要讲故事

我一直觉得自己唱歌挺好听的，虽然别人不是这么评价。

和客户的应酬选在KTV的时候，出发之前老板一般会拍着我的肩头，说："大熊啊，今天你就负责和客户聊天，唱歌的事情就免了哈，不准你碰话筒，碰一次罚你一天工资。"每次老板这么说的时候，我都特别伤心，我觉得这是对我工作能力的极大不信任。

当然，老板似乎也是从血泪中得出的教训，那是很久之前我刚入职的时候，和公司同事一同晚聚。我打了个电话给小静请了个假晚归，小静在电话那头倍儿有风度地说："去吧，好好表现，别给我丢人！"

到了KTV，众同事起哄说让新人先上，我自然推脱不得，落落大方地点了一首青藏高原，这首KTV热场高难度歌一出场，所有同事都对我刮目相看，报以期待的眼神。我深吸口气鼓足劲儿，感觉自己的丹田正在缓缓发热，从里头将爆发出绵绵不尽的气息。等我高~高~歌完毕，意犹未尽地等着掌声响起，不料等了很久，下一首歌的前奏都奏完了，我亲爱的同事们还在面面相觑中。

再后来的某次聚餐中，老板喝高了，先是拍着我的肩膀称赞了一番我的工作能力，这个平日里严肃的老板也只有在酒精的调教下才能变得可爱几分，看，多夸夸下属的工作能力，能让下属更有干劲呢，我暗暗窃喜，直觉加薪有望，谁料老板话锋一转，道："不过我还是动过把你炒鱿鱼的心思的。"

我一惊，心中拔凉拔凉的，老板看我惨白的脸色，哈哈大笑："刚入职的时候你唱了首歌，后来没人再敢给你碰话筒，我还想呢，怎么招了个音痴，街边的猫叫都比你有节奏感！"

听老板这么一说，我的心更凉了，从此之后似乎去KTV都有了阴影。

小猫诞生了，我代替小静去上的母婴课老师特别强调说，年轻父母应该多给宝贝说话，唱歌，虽然一岁内的宝宝还听不懂故事，理解不了歌词的含义，但是对于旋律和节奏的敏感度是天生的，而且听到父母的声音，会显得特别的满足和快乐，在故事和歌声的环绕包围中，入睡也会特别快，这就是摇篮曲和睡前故事盛行的原因。

给宝宝唱歌和讲故事还是早期智力开发的重要途径之一。别看宝宝现在才几个月大，他其实已经在学习很多东西了，如果培养起宝宝听歌和听故事的习惯，随着宝宝慢慢长大，会慢慢理解故事和歌曲，有助于培养逻辑能力和思维能力，是非常有效果的早教方法。

我觉得除了高中时候为了高考拼搏之外，我就再没这么听过老师的话。晚上回家的时候我就趴在小猫摇篮边上，酝酿了很久的情绪，并且喝了三杯水润嗓子，正当我觉得我整个人充满了感情，能有饱含爱意地哼出那睡眠曲的时候，小静推门进来，一把扔过来一本画册砸在我头上。

“如果你要唱歌的话，我建议你放弃，改读故事吧。”

我心中顿时比老板打击我歌喉的时候更加拔凉，原来小静也嫌弃我的嗓音。小静对我的抗议视而不见，留给我一个潇洒的背影就去看电视了。我守在摇篮边上，看着小猫对我眨了眨眼睛，啃着自己的拳头。

“小猫，想不想听爸爸唱歌？”我低声问她。

小猫啃着自己的拳头啃得兴高采烈，没空回答我，她会回答我才奇怪呢，于是我把她的行为直接理解成默认的意思，“好，既然小猫想，那爸爸唱一首宝贝给你听吧。”

我悄悄地把房门掩上，压低了声音，对着婴儿床上的小猫，轻轻滴哼了起来：“我的宝贝，宝贝，轻轻你的小嘴，让你一夜都好眠，我的小鬼，小鬼，逗逗你的眉眼，让你喜欢这个世界……”

这歌的旋律很好听，轻轻的温馨风格，纵然我跑调跑到爪哇国去，应该也不会太折磨人。我边唱边观察着小猫，如果她一有什么不适反应就立刻住口。小猫黑眼睛好奇地盯着我，欢乐地……继续啃她的拳头。我顺利地唱完一曲，结束的时候，在小猫的额头上吧唧亲了一口。

哼哼哼，唱歌难听又怎么了，五音不全又怎么了，我就是要唱给我家小猫听，就是再不好听，听习惯了也就好听了！阻止我唱歌给女儿听的人都是反动派，一切反动派都是纸老虎！必将败于我对小猫的熊熊燃烧的爱意之中。

我唱完心满意足，拿起书来准备给她念一个白雪公主的故事，哦不，是小猫公主的故事。心中掩不住的窃喜。

[大熊窃喜箴言之唱歌故事篇]

TIP 1

和宝宝互动玩耍唱歌的时候，选用欢快的儿歌，比如玛丽有只小绵羊等；要哄宝宝入睡的时候，就要选用轻柔的歌曲，比如必备杀器——晚安曲，睡吧~睡吧~我亲爱的宝贝~

TIP 2

可以购买儿童童话画册给宝宝讲故事，讲故事的时候，让宝宝一起看着画册中的彩画，模仿各种不同的角色的声音语气，甚至可以把故事中的主人公替换成宝宝，比如白雪公主，可以改成小猫公主……

TIP 3

讲故事的时候，应当首先坚持使用普通话，为宝宝确立起语音的模仿标本，宝宝长到十二个月的左右就会模仿简单的话语了，如果对他重复多遍小马过河，宝宝可能会很兴奋地含糊说句“小嘛”……；讲的故事应当简单，所用的词语应当容易理解，情节积极美好向上，不要以为宝宝听不懂，便可以随便选择暗黑系的谋杀故事之类的，这个讲起来，会很别扭的……

TIP 4

念一些诗词是很好的选择，听音调抑扬顿挫的声音对于宝宝来说，也是一种享受。

TIP 5

固定好讲故事的时间，可以选在要入睡之前，这样宝宝会养成入睡前听故事的习惯。

4.小心别把坏毛病带给宝宝

我家的小猫有一个习惯，就是喜欢啃手，这习惯似乎是从娘胎里带出来的毛病。原来产检的时候有B超照片，那时候小猫的姿势是蜷缩着四肢，嘴巴里含着自己的大拇指，简直萌杀人的姿势啊！我和小静对着那B超照片两人陶醉了半天，出生之后，终于见到真人现场秀了。

小猫喜欢啃她的右手，当她四仰八叉地躺在床上，三个多月的她手掌心还没完全打开，手指还不能自由活动，依旧微微保持着握拳的姿势。她把她的小拳头送到嘴边，张开嘴巴用没有牙的牙床啃，用嘴唇和舌头蹭，直到整个小拳头亮晶晶的都是口水。

每次我和小静看她啃拳头的时候，都觉得特别好玩。小猫啃拳头的时候，正说明公主大人此时心情绝佳，她的小短手还不能自如地活动，正好只伸到右嘴角部位，如果要啃的话，只能歪嘴啃。所以经常可以看到小猫歪着嘴五官扭曲，啃自己的拳头啃得如痴如醉，甚至有些时候都想把整个拳头塞到嘴巴里，好像啃的不是自己的手而是一颗甜蜜的棒棒糖，真的有击中我心脏一样的可爱感。

但是岳母大人对小猫啃手的行为非常警惕，每次我和小静乐呵呵地看小猫啃手的时候，她老人家都要过来把我们小两口训一顿，然后把小猫的小手挪开。不过岳母大人治得了我和小静，却治不了小猫，在一个不满一岁的宝宝面前，任何道理都是无用的。

她们两个人的拉锯战一般是这么进行的：小猫啃手，岳母不厌其烦地将她的手拨开，小猫再啃，岳母再拨。岳母不耐烦了，制着小猫的手不让动，小猫把小脸一皱，哇哇地一哭二闹（现在还不会使上吊这一绝招，希望以后小猫也不会使），搞得家里鸡飞狗跳。

我和小静并不是单纯觉得小猫啃手可爱而放任她啃，实际上我们知道，啃手是宝宝探索世界的一种方式，安抚自己的一种方法，听有经验的妈妈爸爸说，再大一段时间，小猫就是自己戒掉啃手的习惯，既然小猫现在能在啃手中得到乐趣，而且她也没傻到会把自己的手指头咬下来，那为什么一定要强制性矫正回来呢？

对于我和小静的观点，岳母大人进行了毫不容情的批驳，理由如下：

1．手上有细菌，啃手容易把细菌吃进肚子里，影响小猫的身体健康。

2．啃手其实相当影响牙床发育，尤其是在乳牙长出来之后，会对乳牙的自然排列造成干扰，万一以后小猫长出来的牙齿不齐，会影响容貌的。

3．每次小猫啃手都要歪嘴，长此下去，会对面部的对称美观造成影响。

听完这些，我和小静心中一凛，没想到啃手这么一个小小的姿势，原来会有这么大的影响。可是小猫已经啃成习惯，要怎么帮她纠正呢？

我看着小猫，眉头紧锁发愁，要怎么帮她改正掉这个啃手的毛病呢，难道要一直绑着她的手不放么？小静在一旁嘀咕：“啃手……有了！”只见她猛地起身，跑去厨房拎了一瓶苹果醋，小心翼翼地给小猫的拳头上涂了薄薄的一层。放开手之后，小猫特习惯地继续将拳头塞到嘴里，吧唧尝了几口，突然把手撤了，眉头揪在一起嘴巴吧唧一脸嫌弃，红着脸要开始哭。

小静立刻把小猫抱起来，拍了两下背做安抚，回头给我做了个yes!的眼神，“再涂两回，小猫觉得自己的手不好吃了，就不吃了，自然而然就戒啦！”

我恍然大悟，老婆大人果然妙招，我崇拜地五体投地，小猫，碰上你老妈，你还是乖乖投降听话吧！

[小静牛叉方法对各种坏毛病say no！]

TIP 1

宝宝幼年时期的毛病其实多数是模仿父母，或者父母纵容出来的，所以在照顾宝宝的时候，要审慎自己行为，小心别把坏毛病带给宝宝。

TIP 2

生气负面情绪怎么办？

● 答：面对宝宝尽量展现自己最好的一面，生气等负面情绪会让宝宝接收到，如果父母生气的时候喜欢摔东西，那么宝宝之后可能会学习到这一点，在感觉到烦躁，或者想要什么东西的时候，会通过摔东西来表达自己。

TIP 3

无理取闹怎么办？

● 答：宝宝第一次无理取闹的时候，新扎爸妈就要坚定自己的立场，不该用好吃的或者好玩的来买通宝宝，换取暂时的和平，这样宝宝不会形成一种：“原来通过这种方式就能达到目的呀”的思维惯性。所以当宝宝无理取闹的时候，爸妈可以采用冷处理方法，让他休息片刻，或者转移宝宝的注意力。

TIP 4

夜猫子怎么办？

● 答：超过十点睡觉，对于现代人来说是很正常的事情，但是一周岁内的宝宝可不能超过十点睡觉，且夜晚缺失的睡眠不是说在白天的睡补回来就成了，会影响宝宝的新陈代谢和身体发育的。父母要反思，是不是自己喜欢熬夜，晚上房间灯火通明，还和宝宝玩游戏之类的，让宝宝的情绪一直保持在兴奋状态，不容易入睡。

TIP 5

睡觉总是要大人抱着睡，一旦放到床上就会惊醒哭闹怎么办？

● 答：宝宝如果在一出生就自己睡小床，就会养成睡觉时候不需要大人抱的好习惯。宝宝一定要大人抱着睡的习惯，其实都是大人惯出来的，经常抱着宝宝睡觉，或者宝宝一哭闹就妥协。帮助宝宝戒掉的唯一方法便是让宝宝躺在床上，狠心让他哭闹一番，宝宝哭了几次见实在没有效果，会慢慢接受自己睡觉。

TIP 6

爱啃手啃东西怎么办？

● 答：这是宝宝其实探索世界的一种方式，应当让宝宝和有毒的，尖锐的物体保持距离，并且尽量培养宝宝戒掉啃手的习惯，想戒，学我刚才涂醋的方法，哈哈哈。

TIP 7

睡觉时一定要含着奶头怎么办？

● 答：很多宝宝会吃着奶就睡过去了，如果妈妈不及时把奶头从宝宝嘴巴里抽离开，而是继续让宝宝含着的话，会对牙床的发育不好，也对妈妈的休息造成影响。如果已经不慎让宝宝养成了睡觉含奶头的坏习惯的，尽量将其戒掉，将奶头从宝宝嘴巴里拿出来的时候，宝宝会哭闹不安，可以使用安慰奶嘴给他过度，然后渐渐将安慰奶嘴抽离。

5.放什么音乐，莫扎特还是摇滚?

小猫六个月大的时候，我和小静带着她去医院做个常规的身体检查，在候诊室等待的时候，旁边也是一个差不多大的宝宝，由一对年轻的父母带着。我和小静看到和自己差不多的家庭，顿时亲切感大增，反正离叫到号还有不短的一段时间，我和小静就和那对夫妻聊了起来。

我注意到那宝宝的耳朵上挂着一个黑色的耳塞，好像带了一个小耳罩一样，感觉十分新鲜，就问道："这个是什么东西？"

"耳塞。"对方答道。果然被我猜中了，不过这么小的宝宝为啥要带着耳塞?难道这个宝宝怕噪音？所以才要塞着耳塞，好让自己处于一个安静的世界?

问到这个问题，面前那位年轻的妈妈眼圈一红，我心中一个咯噔，该不是问到了不该问的问题了吧，明显感觉到气氛僵硬起来了。那位年轻的爸爸很有风度，拍了拍他老婆的肩，安慰道："没事。"然后对我歉意地笑笑，"医生说宝宝的听力有些疲劳，最近最好休息一下。"

原来竟然不小心触碰到了人家的伤疤，我愧疚地道了个歉。小静自从生了娃儿之后，母爱之心泛滥，见一个可爱的小宝贝竟然要忍受病痛的折磨，不由怜惜之心大起，努力安慰道："没有关系，宝宝的恢复能力很强的，好好配合医生治疗，一定能好转。"

对方的妈妈却收拾好了自己的心情，摇了摇头说："其实没关系的，医生说，只要让宝宝的耳朵休息一段时间就没事情，所以最近我们带他到公共场合，都给他带上耳塞。"

听这话，我和小静心中也替人家落下了一块大石头。那妈妈看了看自己的宝宝，又打量了下在我怀中的小猫，问道："你们给宝宝听音乐么？"

我和小静点了点头，不是说音乐是很好的早教手段么，打小猫还在娘胎里头的时候，都放着胎教音乐呢。现在每天还让她听听莫扎特，听说听莫扎特的小孩聪明！虽然每次放莫扎特的时候，我都会想起隔海相望的某岛国，听说上面的神户出产的肉牛也是天天听莫扎特的，所以肉特别细，特别嫩，价格特别贵！

那妈妈唉了一声，"听音乐是好，但是你们要注意别给宝宝听太久的音乐，不然宝宝听力会疲劳的，就像我，本来还以为是为宝宝好，其实是害了宝宝。"那妈妈摸了摸自己怀中的宝宝，替他把耳塞挪了挪，保持在一个舒服的位置，继续说："以前我以为给宝宝听音乐能够促进智力发育，当妈妈的都希望自己的宝宝长得又快又聪明，所以基本上家里天天都放着曲子，宝宝睡觉的时候，甚至都放着小小声的钢琴曲，前两天带宝宝来检查身体的时候，医生做听力筛查的时候，发现我家宝宝对声音的敏感度不够，就是所谓的听力下降，直把我们夫妻俩训了一顿呢。"

原来我们人类之所以能听到自然界的众多声音，是由于声波震动了我们耳中的鼓膜。一周岁之内的宝宝耳朵发育还不完全，鼓膜还很脆弱，如果经常处于嘈杂的环境中，宝宝的鼓膜震动频率过高，就会引起听力疲劳，久而久之可能会出现听力下降的情况。而且一周岁内宝宝听力出现问题，只有经过父母细心观察，比如与宝宝说话时，宝宝没有反应或者反应迟钝才能发现，或者到医院做身体检查时，医生在听力筛查环节发现。

所以，虽然要给宝宝听音乐，要把握一个正常的"度"，千万不要"过"，否则会适得其反。

[大熊箴言之宝宝如何科学听音乐]

宝宝听音乐一天内有几个恰当的时机，其余时间，应当让宝宝在安静的环境下休息。

TIP 1

喂奶时。可以使用抒情、平缓的音乐，让母婴都在舒适的旋律中放松心情。

TIP 2

游戏时。配合宝宝玩游戏的姿态，可以选择一些节奏欢乐，跳跃的乐曲，让宝宝的身子随着音乐而动，培养乐感。

TIP 3

入睡前。父母可以轻轻哼唱摇篮曲，也可以放一些安静舒缓柔和的睡前音乐助眠，但是当宝宝即将有要睡着的感觉的话，要把音乐关掉，让宝宝在安静的坏境中休息。

TIP 4

音量要适中，音乐大小在大人觉得听得正常偏弱就好。

TIP 5

播放的持续时间要控制。不在吃奶游戏时，给宝宝听音乐最好不要超过一个小时，根本不必要全天候都听着音乐，否则会让宝宝的听觉疲劳。

6.硝烟！争抢宝贝第一句话所有权！

还记得小静的闺蜜栗子么？那姑娘，哦不，女士的老公——向公子，有天早上六点给我打电话，我迷迷糊糊地对着闪烁着的手机屏幕愣了半天，还以为自己看错了来电显示。这位向公子曾经是绝对的睡神，每天不睡到太阳下山是绝对不起来的，后来结了婚在栗子的调教下，再在他家闺女出世的刺激之下，起床时间急剧变早，现在都能六点起来了？

我一接起电话，那头就响起一阵“灭哈哈哈哈”的笑声，吓得我差点把电话扔了，那头的向公子尖着大嗓门，那浓浓的得意之情似乎都沿着电话线蔓延过来，喊道：“黄大熊，我女儿今早叫爸了！”

哈？向家的那个圆滚滚的富贵闺女，比我家小静还小几天，怎么已经会叫爸了？向公子哈哈笑着，我简直都能想象他在电话那头猛点头的样子：“我和你说啊，今早儿五点她醒了在那儿闹着要吃奶，栗子她昨晚睡得迟起不来，我便起来给她冲了奶粉喂饱她的小肚子，这娃儿吃饱了舒服了就开始卖萌，啊呜啊呜地叫了半天，突然对我蹦出一句“爸~”，我回过神来差点没泪出来。”

“你确定那个是爸爸的爸，还是吧唧的吧……？”我心中隐隐不爽，她家闺女比我家小猫晚出生，凭啥会先叫人啊，我黄家的基因可是一点也不比他们向家差啊？

向公子坚持认为那就是爸爸，她家闺女会叫人了，对我反复强调，表示他的激动之情，我越听越不是滋味，羡慕嫉妒恨地敷衍了几句，赶紧挂了电话。这下睡意全无，干脆披着衣服爬起来，小猫正在婴儿床里睡得香甜呢，小嘴嘟嘟地一脸天真无邪，我点了点她的额头："小笨蛋，向闺女都会叫爸爸了，你怎么还不会？"

为了让小猫不要落后，我准备从今天开始对她进行有针对性的培训，小猫十个月了，按理说能说话了，我要牢牢把握住小猫第一句话所有权，一定不能输给向公子，他家的闺女只叫了一个"吧"，在我的培训下，我家的小猫一定会叫"爸爸！"。

什么对着小猫唱歌讲故事说话，通通取消，一遍又一遍地哄着小猫说话。

"小猫，叫爸爸~，爸爸~，叫了就给你吃苹果泥~"

"小猫，叫爸爸~，爸爸~，叫了就带你出去逛超市~"

"小猫，叫爸爸~，爸爸~，叫了就赏你一个亲亲~"

"大熊，一早上就对着小猫嘀咕啥啊？"小静起床见我蹲在小猫边上，又顺手给了我一个爆栗子，我委屈地转过去和她说："向公子家的闺女会叫爸了，小猫还不会叫，我正在教呢。"

"小猫上周就会叫了啊……你怎么不知道？"小静回过头来奇怪的说，突然自己又恍然大悟了："我忘了，上周你出差，回来忘记和你说了。"

我差点没一口血晕过去，这么大的事情居然会忘记和我说，小静看我怒睁的眼睛，难得良心发现有些心虚，于是凑了过来，指头摸着小猫肉肉的脸颊，哄道："忘了嘛，小猫乖，么么，叫一声给爸爸听听，么~"

小猫见到妈妈，嘻嘻地笑了起来，两只小手小脚兴奋地蹬了蹬，嘴巴里含糊地冒出了一句："嘛~妈~"。小静用一种看没骗你吧的眼光看着我，我还在愣神当中，被小静捅了捅腰，才回过神来："小猫真的会叫了啊？我就说嘛，我们家的小猫怎么会落后于向闺女，看吧，果然赶在向闺女前头了吧，哈啊哈，向公子想超过我没门，我老婆比她漂亮，我女儿比她女儿聪明，啊哈哈~"我仰天大笑卡到痰，生生刹住车，对小静说："等等，我好像高兴太早了，小猫叫的是妈妈，不是爸爸啊！"

小静不以为然道：“还不是一样，军功章上有我的一半也有你的一半，那声妈妈有两个字，看在你照顾小猫那么辛苦的份上，分你一个。”

“你这也太想当然了吧，不行，我一定要让小猫叫爸爸！清脆地叫爸爸！”，我眯了眼睛，握拳做发誓状！

[大熊亲身箴言之如何教宝宝说话]

一般宝宝十个月左右就会说简单的语言啦，单声词“爸爸”或者“妈妈”这时候很适合成为宝宝第一句话，十分有意义，当听到宝宝会叫爸爸妈妈的时候，那种幸福感是无法言语的。

TIP 1

有意识地开始在吃饭、游戏的时候教授宝宝说一些简单的词，比如指着自己说“爸爸”、“妈妈”，直到宝宝会下意识的重复模仿，由简到难，要循序渐进。

TIP 2

刚开始教授宝宝说话的时候，尽量用同一种语言，用普通话就用普通话，用方言就都用方言，尽量不要多种语言混杂着来，否则会让宝宝产生混乱。

TIP 3

如果宝宝说错了词，可以耐心地纠正他，比如宝宝对着奶奶喊妈妈的话，可以告诉宝宝这不是妈妈，是奶奶，如果宝宝纠正过来，说对了词，要给予宝宝鼓励。

第8章

脱离恋宝贝型父母族群

1.合理安排自己的生活

毕业之后开始自己赚钱，觉得自己是大人了，生了孩子还是做父母了，才觉得自己真正成人了。看着宝宝一天天在成长，我们做父母的又岂不是和宝宝一样，每一天都有新的收获。

一个宝宝的降生，会给家庭带来翻天覆地的变化，新成员的到来固然会带来很多欢乐，也会带来很多辛苦。我和小静每个月的工资不能只停留在只够我们两个花的地步，而是要开始承担三个人的开销，还要攒下钱来给小猫作为以后的教育经费，压力直线上升。

经济这一方面还是小事情，生活方式也要发生很大的改变。以前周末的时候，我和小静会自驾到城市周边一日游，经常出去和狐朋狗友聚会或者逛街。但是生了小猫之后，需要哺乳的小静就要经常呆在家里，黄金周长假的旅行也只好取消了，周末更不可能像从前一样，玩到晚上回家，反而要呆在家里亲子游戏。没办法，毕竟宝宝还小，还是需要有人带着的。

小静是个极其热爱逛街的女人，大学的时候都在我们学校门口的百货商场逛成了vip，几个常去的专柜小姐都认识了她，自从生了小猫之后，她尽量在家中陪着小猫，但是每天照顾宝宝毕竟不全是趣味性的，更多的是需要耐心和体力，小静偶尔会因为压力太大而暴躁，虽然她极力压抑没有表现出来，我还是感觉得到。

作为一个十佳好男人，体谅老婆大人是应尽的职责，我怂恿小静恢复每隔一个周末逛一次商场的习惯，小静起先摇头拒绝了，说要好好照顾小猫。我凑近她开始给她分析，其实你逛商场和照顾小猫没有冲突的，你和栗子她们逛街的时候，我这个坚强的后盾正在家中，替你女儿把尿把饭，如果你想和老公一块逛街的话，那我们就推起小推车，把小猫也带上，一家三口，你试了衣服出来，要先问问看小猫好不好看。

小静被我逗笑了，骂道：“小猫才多大啊，问她她怎么懂。”

“恩，问她是不懂，不过我觉得女儿像妈妈，你喜欢逛街那么小猫一定也喜欢逛街，你看偶尔我们带她去超市的时候，她多开心啊，所以下次逛街的时候带上她，这样照顾小猫，和你进行娱乐活动，两不相误！”

我简直要被我自己感动了，这么理解老婆的老公，打着手电都没地方找啊。其实我只是不愿意小猫出生之后，我们刻意改变太多原有的很温馨的生活插曲，其实照顾宝宝和进行家庭活动是不冲突的。比如小静逛街的时候，完全可以带上小猫，现在好的大型商场都有母婴休息室或者休息区，尤其是一些外资的商场例如宜家。

生了宝宝之后，才更要合理地安排自己的生活。上下班，回家看望宝宝，让自己的行程规律起来吧！

对于那些业余时间的活动，如果家中有人照顾宝宝，我的建议是继续去参加，保持一个良好的心态，对宝宝也有积极的影响。还有一些类似于逛街，踏青等活动，有带上宝宝的条件，那便带上宝宝去外头看一看吧，尽量让自己的生活和宝宝的生活保持在一个平衡状态。

2.别小心眼，把宝贝藏在家中

我家小猫特别喜欢逛超市，超市货架齐全，东西花花绿绿，小猫每次一去超市的时候都特别兴奋。去超市的时候，一般我使用那种专门的婴儿背带，将小猫背在身上，因为小猫未满周岁还太小，让她坐在手推车上总觉得不安全，我总是杞人忧天，怕她卡到小手小脚。

后来发现，小静的闺蜜栗子其实比我还杞人忧天，由此她在我家客厅和小静嗑瓜子聊天，见我要把小猫背去超市，惊得下巴都要掉下来了："你居然带小猫去超市？"，栗子十分奇怪，她说超市人又多，又有细菌，货架上的东西万一掉下来砸到宝宝了怎么办？

可是我们家小猫就是喜欢人多的超市，一进超市的时候她就显得特别兴奋，反而好奇地四处张望，估计以后会是个不怯场，人来疯的姑娘。货架上的东西倾倒下来，这个几率也不会特别大，总不能因噎废食吧。而且超市货品全，拿着东西告诉宝宝说，这个是筷子，这个是玩具车，这个是牛奶，简直是早教的素材提供库啊。

栗子没有被我说服，依旧强烈反对我把小猫带走，她想了想，居然搬出前一段时间的报纸报道，说一个年轻妈妈独自带着女儿去超市，将宝宝放在推车上，妈妈专心挑选货品的时候，回头一看，连推车和宝宝都不见了，当即那个年轻妈妈就慌了，大喊着叫保安，后来在超市角落发现了坐在地上的宝宝。事后警察调出的监控录像显示，正当那个年轻妈妈注意力不在宝宝身上的时候，有个穿着不起眼的中年妇女速度很快很轻地将推车推走，远离妈妈之后抱起宝宝检查了一番，不知为何又将宝宝扔在角落离开了。警察估计那个中年妇女是人贩子，原本想拐骗宝宝，发现到手的是个女孩经济价值不大，才将宝宝丢掉不要的。

这个故事听得我后背发凉，我强撑着镇定下来，拍了拍身上的婴儿背带，“我把小猫绑身上呢，人贩子要是想拐带我家的小猫，拐一送一送个大人，看他还敢不敢？”

我问栗子：“外面的世界总是有危险的，你总不能天天把宝宝藏在家里吧？”栗子长吁短叹地说：“别说带出去了，藏在家里的时候，我都会忍不住担心，会不会有一颗流星掉下来砸到我家宝贝。”

我和小静对于栗子的想象力表示无语，怪不得她家的向闺女养得又白又胖，原来是都不怎么带出去晒太阳呢。为了向家宝宝的健康成长，我决定对栗子进行一番大熊的私家改造课。

Q1 为什么要带宝宝出去呢？

外面的世界很精彩，是宝宝探索和学习能力的对象，经常带着宝宝出去，会让宝宝得到锻炼，智力得到开发，培养起不怕生人的大方气质，使宝宝能适应不同的环境。还能让宝宝认识到更多的同龄人，在和朋友的交流中，相信宝宝会得到更多的快乐！

Q2 外面不安全怎么办？

外面的世界很无奈，总是有各种各样的危险和状况，但是不能因此将宝宝藏在家中，只要做好以下几点，就能让宝宝开开心心地出门。

一、做好防风保暖措施，别让宝宝出门的时候着凉生病，在秋冬等流感高发的季节，减少带宝宝出门的频率。

二、出门时带好装备，可以用手推车推着宝宝出门，或者使用婴儿背带，安全的装备是让宝宝安全的重要保障哦。

三、不要带宝宝去危险的场所。宝宝可以去逛公园、超市、博物馆等地点，其余嘈杂的夜店和其他人群较拥挤的地方，就尽量不要带着宝宝去，即使我大熊带着宝宝去逛超市，也是尽量选在人少的时候，绝对不去掺和店庆等热闹。

四、父母要有警惕心，时刻注意宝宝的状态。出门的时候不要忙于做自己的事情，要时刻注意宝宝的动向，不要让宝宝离开你的视线，也不要让宝宝擅自碰一些尖锐、危险的物品。

3.培养宝宝的习惯，做有原则的父母

罗马不是一日建成的，乖宝宝也不是一天培养出来的。古话有说，“慎之于始”，宝宝在人生第一个一岁中，培养起来的良好习惯会受益终身，也会让父母在今后的养育过程中减少掉许多的麻烦。

不过很多爸爸妈妈也许要问了，一岁的宝宝什么都不知道，能培养他们养成什么样的习惯呢？一周岁内的宝宝不谙世事，但是身体的反应和选择忠实于自己的本能，应当像培养宝宝的生物钟一样培养宝宝的习惯。

以我家小猫为例，人见人爱花见花开好养好蹂躏的宝宝是如何炼成的？

四个字，决不妥协！

按照我老妈的说法，我家的小猫和我小时候一样，是属苍蝇的，爱甜食爱到了骨子里。其实宝宝不能吃太多的糖，因为糖分对婴儿的牙齿和身体都不好。所以我和小静都尽量少给小猫吃糖。但是在给小猫的辅食添加选项中增添了果汁之后，我和小静的烦恼就来了。

小猫爱上了果汁，而且是极其地爱，喝果汁的时候，两只小手自己捧着奶瓶，享受地肿肿的眼皮都眯了起来，喝完果汁之后显得特别的满足和开心，一逗就笑。我和小静本来觉得挺好的，谁知道下次给她喂水喝的时候，这小娃儿特别嫌弃地吐掉，那蜿蜒的水迹沿着嘴角流下来，害得我和小静立刻要拿着纸巾去擦，否则会沾湿衣服和床单。

小猫不喜欢喝水，但是渴的时候又哭闹，我心疼生怕小猫渴了，便冲了果汁来喂她，如此轮番了几次，小猫更是不愿意喝水了。

为了纠正小猫小姐这个讨厌的习惯，小静发威了，对着床上又一次闹着要吃果

汁的小猫叉腰道："你爸宠着你，惯着你，你娘我可不会，接下去不喝水，那就渴着吧！"

我战战兢兢地看着小猫呀呀地张着嘴嚎，喂进去的水被吐出来，吓得赶紧不敢再喂，怕她哭着呛着，小静立在一旁，板着脸到："哭，继续哭，看谁犟得过谁。"

一边是哭得小脸都红了的小猫，一边是铁了心要教育宝宝的老婆，我夹在中间简直成了三明治，左右为难，本想对能说理的说一句算了吧，孩子还小，顺着她吧，结果被小静的一个瞪眼吓了回来。

在宝宝的哭闹声中，分分秒秒都是难熬，我心中不住祈求，小猫，乖一点，安静下来。也许是我的心声被小猫听到了，毕竟是父女连心嘛（其实是小猫哭累了……），慢慢安静了下来，这时候小静拿起装着水的奶瓶，将奶头塞到小猫的嘴巴里，小猫不甘不愿地吮吸了起来。

我惊喜地看向小静，小静脸上多了两分轻松，如释重负道："这和宝宝拉力战，比和在街边跟人吵架还累……"原来在小猫哭的时候，不仅我一个人在难受，小静其实也在强撑。

不过戒掉宝宝各种坏习惯的时候，宝宝一定会哭闹抗议，这时候我们新扎奶爸奶妈就要捂好颤抖的小心肝，坚持不妥协，才能制住这个"小坏蛋"！

当当当，小静科普时间到！！！

请问：什么样的宝宝才是习惯良好，人见人爱，花见花开的呢？

答案如下：

1. 健康的饮食习惯！

人是铁，饭是钢，一顿不吃饿的慌。对于宝宝，一顿不吃便是哭的慌，所以要培养宝宝健康的饮食习惯，要按时进餐，不乱吃零食，更不能暴饮暴食，还要注意别让宝宝偏食挑食。不要担心宝宝会饿着而放任宝宝不科学的饮食习惯，应当坚持住，按照事先制定的科学食谱来，宝宝饿了自然会妥协。

2. 良好的作息习惯。

- 起床时间定时。一般宝宝会在早晨5点到8点之间醒来，如果宝宝入睡的时间比较固定，那么起床的时间也会慢慢养成生物钟，定时起床。

- 十点之前睡觉。这时候父母要关灯让宝宝睡觉，不要因为你的熬夜而影响了宝宝，有的宝宝会对电视电脑特别感兴趣，不要让这些干扰宝宝晚上的睡觉时间。

- 午睡很重要。第一年，宝宝多数的时间都在睡眠中度过，每天下午应当午睡一会儿，这样才能身体健康，精力充沛，不要因为担心宝宝白天睡太多晚上睡不着，而不让宝宝午睡。

3. 宝宝自己的劳动习惯。

有的十个月左右的宝宝已经会表现出要自己拿奶瓶，饭勺吃饭欲望了，等宝宝再继续成长下去，就会想自己吃饭，自己叠衣服，也许刚开始宝宝会把饭弄的到处都是，会把衣服弄的很乱，和宝宝想要动手的美好愿望适得其反。这时候新扎奶爸奶妈不要因为宝宝帮倒忙而插手，反而应该让宝宝参与进来，尽量教习宝宝怎么样做的更好。

4. 讲礼貌的习惯。

当宝宝会说妈妈爸爸的时候，开始教习宝宝牙牙学语，也应当教授宝宝谢谢、对不起等礼貌用语，让宝宝从小讲礼貌。

5. 不怕生人，与人和谐相处的习惯。

父母要注意培养宝宝不怕生人，和其他宝宝和谐相处。应当多带宝宝出门，多接触他人，尤其是同龄人，培养宝宝不认生的习惯，这样有助于宝宝日后与他人的和谐相处。

最最重要的是，在培养宝宝的各项习惯的时候，要做有原则的父母，一是一，二是二，无论宝宝怎么撒泼打滚，坏习惯就是坏习惯，小样儿，不改的话……不改的话……打你屁股！（当然，下手要轻轻的。）

其实，每一个宝宝都是天使，都是心肝，都是人见人爱，花见花开，所以，上面的问题是个伪命题，但是答案是很有用的教育宝宝tips哟~~

4.不要吃惊，他（她）已经在学习了（语言，思维，身体的运用）

中医上，儿科称为“哑诊”，因为婴幼儿生病时就是没有语言表达能力的一群特殊的病人。但是，这并不代表宝宝没有学习的意识，爸爸妈妈们可别忽视了宝宝的学习需求。当你在说话的时候，作出动作的时候，不要忘记家里有一个小小监视器在注意着你的一举一动。

语言篇

现在胎教日益流行了，可是当宝宝真的每天都在你的眼前里一天一个变化成长时，你是否已经准备好迎接挑战，给他一个灿烂的起跑点了呢?

我家小猫出生的那个晚上，我趴在她的耳朵旁边讲了一整夜的故事，神奇的是，我觉得她完全沉浸其中了。在以后的日子里，我总是多情而坚定地认为我这种无师自通的启蒙行为是小猫养成良好文学素养的重要途径。

我很爱给小猫念书，从她出生开始就没有停过这种在小静看来是巴结女儿的行为。后来，通过了解了更多教育方面的知识，我更加觉得自己的这种行为是非常符合科学教育观的，同时还能增进亲子间的感情，简直太有意义了。当小静发现了这一切后，再次展开了一场掠夺小猫感情的战争，责令我把所有的读书工作都给她，给我分配了一些粗重的活计。幸亏小猫姑娘还算够义气，听故事的时候强烈表达了需要我也在场的欲望，我才得以和她隔着小静大人的脑袋深情对望。

除了阅读之外，父母日常生活中在宝宝面前做出行为或使用物品时，应有意识地念出相应的词语，这样会让宝宝更好的理解这些词汇的含义，有利于语言能力的培养。正常情况下，七月至九月龄的孩子通过模仿发音和父母反复的训练，是可以发出一些单音节词语的声音，如“坐”、“走”等动作。再大一点儿的孩子，双音节的词语如“爸爸”、“妈妈”也会慢慢掌握。这时的父母就尽量鼓励宝宝和同伴或者家人进行交流吧，但是也不可操之过急，每个宝宝的发育时间不尽相同，应该给宝宝保留一个自由的空间。

行为篇

1．小猫的爬行课程

小猫最喜欢的玩具名字叫做猫小兔，每次看到这个红脸蛋儿的兔子，小猫姑娘就两眼放光了。这个时候，只要把兔子放在她的视线范围内，无论位于小猫的什么方向，小猫姑娘绝对会高兴地跟着目标物爬行，前后左右，拐弯儿再加速，身手可是矫健的很呢。

2．小猫的抓取课程

为了锻炼小猫的手指灵活度和抓取的准确性，我的妙招就是把小玩偶放进敞口的瓶子，引诱小猫从里面取出它，这样训练下来，小猫想要不眼明手快都难呢。

3．小猫的认字课

在训练小猫的行为时，我可是朝着文武双全的方向在培养她呢。握着小猫的小手，重复身体部位的名称，然后指到相应的地方，日积月累的训练，小猫渐渐地也能熟门熟路地找到自己的鼻子眼睛了。不过要提醒各位父母的是，这是个需要时间和过程的教育活动，千万不要轻易对自己宝宝失去耐心，你沮丧的情绪也会影响宝宝自己的信心。

4．小猫的规律生活

这里要提醒各位父母的只有一句话，良好的生活习惯是以稳定规律的生活为基础的，宝宝的时间现在由你来控制，各位爸妈一定要给力啊。

思维篇

从一出生开始，不论是爹地还是妈咪都要注重与宝宝多沟通，为建立让宝宝有安全感和依恋感的亲子关系而奋斗。在我的家庭，由于家庭责任分配的方式比较特殊。我和小猫的关系向来不错，但是如果是以母亲为教育主力的家庭，就要更加注重增添父亲这个角色的戏份了，爸爸的影响力就在于使宝宝更加勇敢和坚强。顺便吐槽一下，在我家，让小猫坚强勇敢的重担是由小静承担的。

当宝宝处于7月至9月龄的时候，好奇心正在萌发，他们的肢体语言都开始进入了质的发展，身体的训练会促使大脑的发育，所以父母应当尽量满足宝宝对于世界的探索欲。给宝宝欣赏一些漂亮的图片可以有助于启发她的艺术灵感哦。

九个月后的宝宝，认知能力会有阶段性的提高，这时候，应该把握机会对宝宝进行一些大小、里外或是因果等逻辑或是对比方面的知识灌输 。当然，别忘了借助一些漂亮的小道具，依我家小猫的成长经验而言，道具可以让宝宝注意力更集中，学得更开心。

5.你的小天使，将有自己的生活（宝宝社交圈）

社交女王黄小猫的成长，简直可以让人对于她的未来存在一些非常靠谱的期待。

她的社交圈主要分为两个部分，亲朋好友的宝贝和草坪上结交的伙伴。我家小静的不可不玩乐的性格并没有随着小猫的出生有所收敛，谁说带孩子就只能宅在家呢？小静如果和自己的损友闺蜜们太久不见，一定会变得六神无主、脾气暴躁起来。为了维护家庭秩序的稳定，我绝对大力支持她的各种社交活动，宝贝派对上我是后勤部长兼厨师长兼保安员；下午茶我就是默默准备各种出行用品的无名英雄；需要和其他家庭的宝贝礼尚往来时，我乖乖掏腰包闭嘴是最安全的做法。但不得不说，你来我往以后，小猫俨然成了一颗在众多宝贝中冉冉升起的交际花，她和别的小宝贝交流似乎没有什么限制，也相当主动。同时，在我家的小区草坪上，她也一如既往地保持住了人气。各种搭讪无障碍的黄小猫让我觉得相当自豪。

[资深社交女王小静的私家课程大奉献]

TIP 1

与人交往是孩子的天然需求，无论是和父母还是小伙伴，宝宝都渴望在情感上得到满足。所以家长要主动地为宝宝创造交往条件。

TIP 2

7至9月龄段的宝宝自我意识开始萌芽，父母们可要在这个时期多鼓励宝宝在他人面前表达自己哦。

TIP 3

亲友可能是宝宝的第一个交际圈，也是维持时间最久的交际圈，父母就从这里开始培养宝宝的交际意识吧。

TIP 4

不要再做连对门邻居的不认识的封闭家庭了，多带宝宝到小区里活动，认识其他的宝贝，既能增进邻里的感情，也可以避免宝宝怯生。

TIP 5

宝宝的交际圈养成环节中，父母可是重要的泥瓦匠，抽点时间参加早教班，亲子课程或是为宝宝量身打造一个派对都是不错的做法。多让宝宝和其他同龄人在一起可以让她学会分享，互助，养成不自私的友爱性格。